在很久很久以前

米哈 著

目錄

很久以前……

1

你好，第一次見面

我雙手抱膝躲在一個一米高的小木箱裡。這裡漆黑一片，只有我抑壓著的呼吸，還有雨水與汗水滑過皮膚的聲音。

這個小木箱置於糧倉深處的角落。這些年來，五穀豐收，糧倉常滿，以至於沒有多少人留意到這一個在糧倉後方的小木箱，也就成為了我可以躲藏起來的地方。這不是一場捉迷藏遊戲，而是生死攸關的逃避，逃避他。

⌘

自我出生以來，母親便反覆跟我說著他。每天晚上，母親都在睡前跟我說一遍他的往事、外貌和身形，說他有一張國字臉，身材魁梧，皮膚黝黑，滿頭白髮。我知道，他是這一帶的霸主，大家都臣服於他，並且懼怕他隨時隨地帶著的一把大鐮刀。

這把鐮刀怪異非常，它會在碰到穀物時，發出令人毛骨悚然的奇怪音頻，「呼呼呼呼、呼呼呼呼……」母親一邊模仿鐮刀發出的聲音，一邊提醒我：「當你聽到『呼呼呼呼』的金屬聲從遠處傳來，便要立即躲起來，是立即！躲起來！跑得越遠越好，躲得越久越好。」

母親沒有解釋為何我要避開他。母親不說，我也不敢追問，而偏偏我卻在母親不在家的這一個晚上，聽到窗外傳來「呼呼呼呼、呼呼呼呼」的聲音。這是難忘的音頻，聲音的刺耳會從耳窩直接導入皮下神經，叫一陣莫名的寒意爬過背脊。這「呼呼呼呼」的聲音是母親模仿不來的，而我聽到，他正在步向我們的家。

我滅了家裡的燈火，關上門窗，將大門鎖上，躲到屋子後方的廚房。我蹲在廚房濕漉漉的泥巴地上，聽到鐮刀的聲音越來越近，而他的容貌也在我腦海中越來越清晰。在我腦海中，他那像火焰一般的雙目正視著我，藏於鬍裡的嘴說著一句話，「我是……」。

「我是……」什麼呢？嘎的一聲，大門打開了。

他輕易的打開了大門，慢慢走進大廳。我聽不見鐮刀的聲音，卻聽到他沉重的腳步聲。一步，一步，我感受到地面上傳來他每一步的震動。母親說他身長九尺，想必是真事。然後，我發現，那不是地板在震，而是我驚慌得不由自主的全身抖震。

「你不要躲了。」他開口說話，聲音低沉而險惡。「你躲不了的。我能夠嗅到你血液的味道。」

他在搜尋客廳，打開一個又一個的櫃門。我心中盤算他打開櫃門的節奏，就在他要打開下一道櫃門之際，我從廚房後門奪門而出，往北面的稻田狂奔。晚上的稻田是一片深沉的海，每一根稻米都比我高。「只要我隱身於稻田裡，我就得救了」我心想。

在新月的微弱光線下，我跑進了稻田。我在稻裡迷失方向，只好勇往直前的向一個方向狂奔。我不知道自己跑了多久，可能是半小時，也可能是五分鐘，在迷失方向的時候，時間也會一同迷失。此時，耳邊又傳來了「呼呼呼呼」，鐮刀的聲音再一次響起，這代表鐮刀觸碰到稻子。

我立刻停了下來，以免造成稻枝不自然的擺動。鐮刀的聲音越來越利落，我知道，他正在割稻。我應該怎麼辦呢？動，還是不動？他好像真的能夠嗅到我的存在，若然動的話，我能夠比我身高腳長的他更快嗎？鐮刀的聲音越來越近，我甚至感覺到他就在咫尺之間。

我沒有選擇的餘地，只好抬頭尋找月光，企圖往田後的小糧倉走去。我跟自己倒數三、二、一，然後拔腿就跑，喃喃自語「請祖先保佑、請祖先保佑……」。

或許真的是祖先保佑，就在我起動跑起來時，夜空下起雨來，雨水打到稻田之上，掩護了我的逃亡。我繼續拼命往前跑，鐮刀的聲音也好像遠去了。突然，我走出了稻田，我在滴著水的眼簾間尋找糧倉的蹤影。祖先保佑，糧倉就在右方一百米！

我知道，這是我最後的希望。我拖著疲憊的腳步走進糧倉，糧倉是滿滿的，但我總不能躲進稻子之中。祖先保佑，我找到了一個置於角落的小木箱，我就這樣躲在其中。母親說，如果真的到了生死存亡之際，我就要一直念著「祖先保佑」，這好可能是我最後的一線生機。

⌘

我躲在小木箱裡，伸手不見五指，心裡凝視自己的恐懼。我在害怕什麼呢？害怕他？為什麼我要害怕他呢？他是來殺我的嗎？好吧，如果最終就是一死，也沒有什麼可怕！反正，就是一死。是嗎？只是這樣的嗎？

嘎吱一聲，有人踏進了糧倉的木地板。他到了，他終於找到這裡來了。他用鐮刀輕輕滑過穀物，發出一道充滿挑釁的高頻。

「我找到你了。」他說。「你不要害怕。血腥的味道，沒有什麼可怕的。」

我心裡發毛，聽到他沒有感情的說著血腥，我知道母親的預言將會成真。我恐懼，但我不怪責自己，「我已經盡力了」。我沒有忘記母親的叮嚀，也按照母親的說話小心行事。我花了最後的力氣逃到這糧倉的小木箱裡，我盡力了。

我感到他就站在木箱外，同時，我感到不再害怕。我主動打開了木箱的蓋子，站起身來，抬頭直視高高在上的他，我說：「父親，你好。第一次見面。」

「兒子，第一次見面。」他說。

「你找到我了。」

「我找到你了。你不要害怕。」

「我沒有害怕。」

「你不害怕血腥的味道嗎？」

「當年你割下祖父的陰莖時，你有害怕嗎？」我問。

「當年，有一點吧。時間久遠，我忘記了。」

「好吧。」

「好吧。」他說。「現在，我要吃下你了。」

*如有雷同，實屬與古希臘「豐收之神克洛諾斯」（Cronus）的吃子故事巧合。

2

◉ 白衣男子

阿伯坐在溪流分岔的石塊上，遙望遠處草地上一片屬於他的牲口，心裡踏實。七十多歲的他，沒有子女，卻與妻子過著富足美滿的生活。阿伯想著想著，陶醉在自我感覺的幸福快樂之中，一片小石塊倏然擊中了他身處的大石。

阿伯往石子飛來的方向望去，見到有個男子站在水中盯著阿伯。

男子一身白衣，他的臉又長又白，赤腳浸在流水之中。阿伯一眼便知白衣男子不是人類。他的雙眼沒有瞳孔，也沒有眼白，而是一對閃爍晃動的黃光。阿伯心想，我的死期是不是到了？他是來接我的嗎？

「你以為我是來接你去死嗎？」白衣男子彷彿聽到了阿伯的心聲，開口說道，聲音游哉。

阿伯看著白衣男子一步一步走近自己，腿在水中移動，卻沒有引起一絲漣漪，他的白衣也沒有因為流水而沾濕。白衣男子在阿伯旁邊坐下，慵懶地說：「我可以相信你嗎？」

「相信我什麼？」阿伯感到自己的聲音在顫抖。

「相信你會相信我的大能。」白衣男子說。「相信我不會輕易接你去死。」

「我只想與妻子安享晚年。」阿伯說。

「你沒回答我的問題。」

「我相信你，我相信你。」阿伯低頭輕聲說，聲音輕得幾乎淹沒於流水聲中。

「喔，不錯。不過，我是不是聞到了什麼？」白衣男子以食指點了一點阿伯的額頭說道。「我是不是聞到尿臊味了？」

阿伯夾著尿濕了的褲子，低頭聽著白衣男子的吩咐。白衣男子命令他，即日帶著妻子和家當離開家鄉，遷到南方。阿伯不捨自己的家園，感到胃酸衝上喉嚨，卻不敢向眼睛閃著光芒的白衣男子辯駁，只好唯唯諾諾。

翌日，阿伯與妻子舉家往南方走去。之後的日子，他們走進了一片荒地，漫無目的走了不知道多少時間。隨行的僕人、家畜不是餓死，就是逃跑，直至只剩下阿伯與妻子二人。有天，他們來到了一條溪流。妻子往上游去喝水、洗身，阿伯則往下游走去，打算小解。

阿伯一邊小解，一邊凝視著流水，擔心沒有糧食的他，好可能要死在此地。抬頭一望，周遭寂靜無聲，白衣男子就站在阿伯的正前方，發光的雙眼凝視著他。

「我快餓死了。」阿伯若無其事的說道。

「我保證你不會死在此地。」白衣男子說。

「我好餓。」

「大魚！」白衣男子發出了刺耳的聲音往水裡叫道。一條大魚跳上岸邊。

「好大的魚兒！」來不及穿上褲子的阿伯，發出了貪婪的喉音，伸手撲向大魚。

「你聽好了……」白衣男子看著魚兒在阿伯手中掙扎。「我要將這片地賜給你！」

於是，阿伯與妻子留下來了，打算在這片土地落地生根。然而，白衣男子應許阿伯的這片福地，赤地千里，寸草不生，顆粒不收。阿伯像當日他手中的那尾魚兒一般掙扎求存了好一陣子以後，為了生存，只好與妻子離開這片應許之地。

之後的日子，白衣男子再沒有出現。阿伯過著營營役役的生活，妻子為勢所迫當上了別人的妻子，換來了阿伯足以溫飽的生活。到了晚上，阿伯有時午夜夢迴，想起當日在故鄉豐衣足食的幸福生活，都會斥責自己多想無益。

阿伯九十九歲那一年，白衣男子終於再一次出現。

夜裡，白衣男子在阿伯的營裡出現。阿伯見到他，立即舉手摀住耳朵，但白衣男子的聲音卻直接穿透到阿伯的耳窩，「阿伯，我知道你是最乖的。世人都不相信我，只有你相信我」。

「我相信你。我相信你。」阿伯誠懇地說道。「求你饒了我吧！」

「既然你信任我，我今天就和你立約，讓你的後裔興盛強大。」白衣男子告訴阿伯，他將與一直沒有生育的妻子誕下一個兒子。

神奇的事情來了！翌年，年老體衰、月經已絕多時的妻子，真的為阿伯誕下了一名男嬰，阿伯為嬰兒取名「耳仔」。

白衣男子沒有到來祝賀，而耳仔也從來沒有見過白衣男子，直至耳仔十六歲那年，白衣男子又再出現，不是出現在耳仔面前，而是始終找上了阿伯，他對阿伯說：「你帶著你的耳仔，到山上以他為我作燔祭吧！」

燔祭，也就是燒毀祭品，不留下一點血肉。阿伯全心全意信奉白衣男子，沒有絲毫遲疑，真的叫來了耳仔，拉著裝滿木柴的驢車上山去了。阿伯與耳仔走到山上，耳仔問：「父親，我們的火種和木柴都有了，但是燔祭的羔羊在哪裡呢？」

阿伯沒有說什麼，趁耳仔不為意時反手捉住了他，將他捆綁起來。耳仔難以置信眼前的一切，望著父親空洞的眼神，驚恐萬分。

「父親。」耳仔驚叫起來：「為什麼你要這樣做呢？」

「不要害怕。」阿伯說：「你安心去吧！你只要相信就好。」

「相信？相信什麼？」

「相信你是羔羊。」

「我是人啊！」

「你是羊。」

阿伯舉起尖刀，就要殺死耳仔。這個時候，另一個有別於以前見過的白衣男子突然憑空出現，拉住了阿伯的手，阻止了他殺害自己的兒子。

⌘

「這故事教訓我們什麼呢？」身穿白色襯衣的老師問我們。

全班一片寂靜。

「這故事教導我們虔誠與順從的美德。」老師自話自說。「阿伯是信心的典範。」

此時，雨後的陽光剛好照入課室，打著老師的襯衣，彷彿將他的襯衣照亮成透明。

＊如有雷同，實屬與亞伯拉罕獻以撒的故事巧合。

3

◉ 世上沒有少了一名瞎子

每晚落場收工後，我都會收集餐廳剩下的廚餘，送往垃圾場那邊的露宿者去。這一班露宿者無家可歸，被村民趕到村外的垃圾場，有些人一待就是十年八年，他們本來有名有姓，但待久了，便慢慢忘了自己的名字。他們之間從來不會溝通，我也沒有聽過他們任何一個人說話，直至有一天，來了一名瞎子。

那一晚，我見到他瑟縮在一堆發臭的豬肉旁邊。他個子瘦小，可能有七十歲左右，下巴長滿了鬍碴。我知道他是新來的人，於是慢慢走近他。當我走到跟他有五步距離時，他抬頭以一雙混濁的眼睛看著我。那一雙眼睛明顯已經壞掉，卻像可以望穿我的靈魂一般，我打從心裡到皮膚都起了疙瘩。

「你好，我可以怎樣稱呼你呢？」我問。

「大家都叫我瞎子。」

「你好，你餓嗎？」我不敢以瞎子之名叫他。

「你有食物可以給我？」

「我這裡剛好有一籃子苦瓜，你怕苦嗎？」

「正好，我吃素的。」瞎子說。

初時，我給露宿者帶食物是為了替我剛去世的父親積德，希望以他的名義布施，好讓他在黃泉路上一路好走。這慢慢成為了習慣，我也對這班露宿者有了親切感。我暗暗在心裡給他們起了名字，獨臂俠、尼姑、長臉人、太上老君，等等等等，他們從來不會搭理我，就只有瞎子會跟我聊天。

瞎子來了垃圾場三個月，每晚跟我天南地北。他告訴我如何憑一己之力逃離地主的追殺，又告訴我曾經陰差陽錯進了一個仙境。瞎子的經歷奇幻非常，我半信半疑的當有趣故事聽著。他說來高興，我也不必追究。

又過了兩個月，我以為自己跟瞎子足夠熟絡，卻問了一道刺激到他的問題。我問：你是怎樣成為瞎子的？

經我這麼一問，我見他兩頰痙攣了一下，語氣一沉說道：「怎麼了？我的眼睛打擾了你嗎？」

「沒有沒有。」我急著澄清。「我只是想看看怎樣幫到你。」

「你幫我？」

「我有什麼可以幫到你嗎？」我說。

「好。」瞎子伸手抓住我的肩膀說道。「那麼，我跟你說一段往事。」

很久很久以前，瞎子是一名憤世嫉俗的青年。我生來就是一名孤兒，靠著一雙巧手，好不容易成為了一名石刻工匠，卻又在一次意外中被碎石擊中雙眼，雙目失明。

「從此，我放棄了生命。」瞎子說。

「放棄了生命？」

「那是一種意志的彌留狀態，可以活的話，便多活兩天，可以死的話，但求爽快一點。反正我連去作惡的慾望也失去了。」

瞎子稍微沉默了一下以後，再度開口說道：「但是，有一天，居然讓我遇上了國王出宮巡遊。」

⌘

當天，國王帶著妃嬪與僕人出巡，沿途派發飯菜與水果。國王見瞎子露宿街頭，孤苦伶仃，好不可憐，便向瞎子問道：「我有什麼可以幫到你嗎？」

瞎子望著國王回答：「你有什麼可以幫到我嗎？」

「我可以給你食物。」國王說。

「我不要食物。」

「我可以給你衣物。」

「我不要衣物。」

「我也可以給你錢財。」

「我不要錢財。」

「大膽，你想要什麼？」國王身邊的侍從罵道。

「我要公道。」瞎子說。

「公道？」國王說。

「你我同為世間之人。」瞎子說。「為何你可以健健康康榮華富貴，而我卻要失去雙目貧困潦倒？為什麼你的生命可以豐富到向他人布施，而我卻連看見這個世界的福氣也沒有呢？」

「那麼，你認為怎樣才叫公道？」國王說。

⌘

「我要你的一雙眼。」這句話的餘音，像對著古井喊叫一般在空氣中迴盪，四周被寂靜吞噬。

我看著瞎子，他的表情恢復了從容，露出一口白牙微笑，像沒有打算繼續說下去，直至我忍不住問道：「國王怎樣回應你了？」

「他馬上以雙指扣下了雙眼給我，說以眼還眼去給我治理雙目。」瞎子笑說。

「但你現在的眼睛還是……」

「還是失明啊！當然，還是失明。你還真的跟國王是同一幫人，他扣下了雙目，難道就可以治好我的雙目嗎？那一天以後，世上沒有少了一名瞎子，卻多了一個盲國王，哈哈哈哈。」

瞎子放聲笑了起來。

「那倒真是於事無補。」

「哈哈哈哈，話也不能這樣說。」瞎子向我說道。「那天之後，我握著國王的雙目，從手中的鮮血重新感受到生命的溫度，決定要繼續努力活著。所以，話說回來，你剛才是說要怎樣幫到我嗎？」

＊如有雷同，實屬與《彌勒菩薩所問本願經》記載佛陀向弟子阿難說「以眼施人」的故事巧合。

4

◉ 新麥子與桂花香

兩個小孩在沼澤玩泥巴，比賽誰率先用泥覆蓋到所有皮膚為勝。突然，山麓間傳來陣陣雷響，小孩們頭頂上的天空一片陰森。空氣瀰漫風雨欲來的潮味。雨下了，下得很大。兩個小孩往高處奔跑，一邊奔跑，一邊歡天喜地，不亦樂乎。他們走到了最高處時，眼前有一根參天大柱。

兩個小孩跳上大柱，一直往上爬。良久，其中一個小孩說道：「這一段的柱子太光滑了，很難著手攀爬呢！」另一個小孩說：「我有辦法。」隨即從腰間拿出了一把匕首，往大柱子一刺……

⌘

「啊！」的一聲大叫，景公從夢中驚醒過來。

他勉強坐起身子來，發現自己腰背之間隱隱作痛，雙手雙腿正在發抖，腋下冒著冷汗，汗水溼濕了床單。他口內嘟囔說：「會好起來的，會好起來的。」彷彿未有醒過來的囈語，說著說著又昏睡了過去。

其實，景公已經病了好一陣子，常常半夜驚醒發冷發熱。他前前後後請來了十多位醫師，開了不同藥方，可惜都未能藥到病除。

一位阿諛奉承的隨從聽到主人昨晚又再病發，便跟景公說道：「大人，小人想起了從前在鄉下時，曾經有一個遠房親戚，也時常在夜裡驚醒病發。後來，他的病給治好了。」

「當真？」景公好奇。

「是的。當時他四處求醫，始終沒有找到病痛的根源。」

「那跟我一樣。」

「後來，他在山上遇到了一名巫師。巫師說，他肯定碰上了不潔之物，惡念纏身，才導致病痛。那巫師給他做了一場儀式，然後……」隨從煞有介事的猶豫了一下。

「然後，然後怎樣了？你吞吞吐吐什麼！」景公追問。

「然後，我這位親人的病痛就根治了。」

「那你還不快點幫我去找那一位巫師回來？」

「小人知道。但是……」

「你又躊躇什麼？」

「但是，那一位巫師，居無定所，四處漂泊。小人可能要花一點時間，也要花一點路費才能找到他呢！」

「你立刻去帳房取路費，即日起程。」景公說道。

一個月後，隨從帶回了巫師。景公在大廳接見巫師，見他衣衫襤褸，眼尾微微上揚的眼睛又細又長，令人聯想到山間的野貓，渾身散發出一陣怪氣。景公露出狐疑的眼神看著巫師，問道：「你可以醫治到我？」

「我可不可以醫治到你，視乎兩件事。」巫師答道。

「哪兩件事？」

「首先，我要知道你病到什麼程度。這個我稍後便會知道。」

「那第二件事呢？」

「那就要看我是否真的想醫治好你。」巫師說。

景公聽了，想到自己剛才露出的懷疑神情惹到了巫師，心裡大怒，「這個山間賤民竟然出言不遜」，但又礙於對方有可能醫好自己，嚥了嚥口水，忍了下去，臉上堆著假笑說：「那就有勞大師你幫忙了。」

「且看天意好了。」巫師說道，隨即在地上撒了一袋沙子，指間弄了兩個手勢，沙子一個閃光，燒起來了，燒出了一陣藍煙。景公看得驚奇，見巫師閉著眼睛在藍煙之中唸唸有詞。不久，煙散去。

「這個……呃……」巫師微微張開眼睛，滿眼血絲地說：「看來事情不太簡單呢！」

「怎說？」

「大人的病很嚴重。」

「所以才請你來治理啊！」

「太嚴重了。」

「怎樣的嚴重呢？」景公急了。

「喔……」

「你快說！」

「我想……」巫師說道：「大人吃不到新一季的麥子。除非……」

「放屁！」景公沒有聽巫師說完，便痛斥巫師胡說八道。

景公一來討厭人說話支支吾吾，二來聽到他說自己時日無多，更是大怒。隨從見狀，心知不妙，趕緊拉走了巫師。巫師臨走時，景公見他口中唸唸有詞，而大廳則傳來了一陣桂花香氣。

景公趕走了巫師，而病也繼續惡化下去。又過了一陣子，景公請來了一位遠道而來的名醫。在名醫到達前的那一個晚上，景公又發了一個夢，夢見兩個小孩正在對話。

「那個人好像好厲害呢！」第一個小孩說。

「怎樣厲害？」第二個小孩說。

「他是鼎鼎大名的名醫呢！」

「哈哈哈哈……」第二個小孩說。「我們也是鼎鼎大名的名病啊！方圓百里，有誰不知道我們這一場病。」

「那我們真的不用逃跑嗎？」

「當然不用！我們躲在肓之上，膏之下，哪怕名醫再厲害，能把我們怎麼樣？」兩個小孩大笑起來。「哈哈哈哈……」笑聲驚醒了景公，又是一身冷汗。

翌日，名醫到了。他讓景公躺在床上，為他切診，三部九候。接著，名醫要求景公俯臥，按壓他的背部。當他按下背上的膏肓穴時，景公感到一陣劇痛。名醫抓了抓鼻翼，嘆了一口氣說道：「大人，我想你還是要另請高明。抱歉。」

景公心中有數，答謝了名醫，命人以厚禮送走了他，心中念掛著當日巫師的一番話。

⌘

秋天來了。景公的病沒有好起來，人也變得更加暴躁。有天，有人獻上了新麥。景公想起了巫師的說話，說他沒命去吃「新一季的麥子」。意氣用事的景公，命人去叫巫師來，看他怎樣吃下新麥做的飯。

爐灶升火煮飯，傳來了新麥的飯香。景公聞到飯香，隨即感到一陣腹痛。景公走到廁所去，蹲下之時，聽到奇怪的吭氣和笑聲，聲音縈繞在景公耳邊，聲音說道：「你這個人，請我來醫你，卻又不信我，寧願信一個不明來歷，故作高深的所謂名醫，甚至去相信夢裡兩個小孩的鬼話。我早說過了，除非你相信我，否則病好不了，更加不得好死。」

景公聽著纏繞於耳邊的聲音，嘴裡嘟囔：「要死就死吧！我還怕你這個妖巫什麼，最多就是病死，哪來的不得好死。」忽然，景公聞到一陣清幽的桂花香，隨即昏了過去，倒頭掉進糞坑中，動彈不得，終於被糞便溺死了。

*如有雷同，實屬與《左傳・成公十年》記「晉景公之死」巧合。

5

比蜜更甜

「你是來領賞賜的嗎？」

「是的，大哥。」我說。

「號碼是多少？」

「二四三一。謝謝。」

「好的，有這記錄。」領賞房的大哥滿頭大汗，有數隻烏蠅一直繞著他的頭頂飛，他卻視而不見，只是一臉的不耐煩。「二四三一。你跟我到這邊。」

我不是犯人，而是僕人。從前，有一位主管教導我說，犯人與僕人的分別，在於僕人不會思考自己跟犯人的分別。我是一個僕人，而且我是一個聰明的僕人。

不是我自己說自己聰明，而是大家都讚我聰明。大家讚我聰明，然後都給了我很多工作。我知道他們佔我便宜，將自己分量的工作都推給我，但你想一想：若非真的相信我有能力完成他們負責的任務，他們怎會放心將工作推給我呢？在這裡，完成不了工作，隨時可以叫人丟了性命。

我必須多謝這些要我勞動的人，因為有他們，我才可以從一個孤兒，一步一步走到今天，即將成為主人身邊的僕人。

除了聰明，我還是一個稱職的僕人。從前有另一位主管教導我說，稱職的僕人與不稱職的僕人之分別，在於後者常常給人留意到，而前者可以像家具一般陳列在宮中而不叫人發覺。稱職的僕人要讓自己的存在感歸零，除了不能犯錯、不多說話，更加要在物理空間上著手，餓得自己骨瘦如柴。

你可不要以為這是可以輕易做到的。我們需要瘦，卻不能弱。我們需要幼細的手臂與腿，卻要有足夠的肌肉去勞動。我們需要減少營養去叫自己持續地瘦下來，卻要有足夠的養分教頭腦清醒。我們要頭腦清醒，不是為了思考，而是為了可以迅速作出反應。

從前又有一位主管教導我說，主人身邊的僕人與普通僕人的分別，在於主人身邊的僕人隨時可以為主人而死，而一般僕人卻因為太遠太慢而得不到這一份恩賜。後來，這主管如願以償的死了，而我卻差了一點運氣。

那天，主人帶同我們一班僕人到花園散步。突然，一聲雷響，火閃到地上，天空下起冰雹。一顆顆拳頭大小的冰雹從天而降，有的打到地上，有的打中了我的同僚，有的打破了主人的大傘。我立刻撲到主人身邊，以身體為主人遮擋冰雹。那是一個怪異的姿勢，我必須以身體覆蓋主人，但又不能碰到主人。幸好我個子比較高，而主人九歲的神聖身體還小。

事後，主人嘉許我的英勇，命我來領賞房獲得獎勵，而我的主管則給冰雹活生生打死了。

⌘

我跟隨領賞房的大哥，來到走廊盡頭的房間。房門一打開，香氣撲鼻，像有一道金光從房內閃出。我不肯定這是事實的印象，還是極端喜悅所創造的幻覺，反正我樂在其中。

大哥命我脫去身上所有衣服，躺到床上。我爬上那一張冰冷的石床，閉著雙眼。我叫自己放鬆，叫自己不要緊握雙拳，叫自己好好享受主人給予的賞賜。

一次、兩次、三次，來回了三次，我完成了這一次的獎賞。對，這是我第一次的經驗，之後的每一天，我都要來這裡領取我的獎賞——全身塗抹新鮮的蜂蜜。

每一天早上，大哥都會幫我全身塗抹蜂蜜，好讓我可以去侍候主人。接下來的一整天，蜂蜜的甜，以及一大群的烏蠅無時無刻陪伴著我。到了晚上，我終於可以回到孩子的身旁，給他們送上我握在手心那完全沒有被烏蠅沾污的蜜糖，讓他們知道什麼是甜。

＊如有雷同，實屬與古埃及法老王的驅蟲法巧合。法老王命令僕人塗抹蜂蜜以吸引烏蠅與其他蟲體。

6

嫁個讀書人

我十六歲的時候，遇上了一個教我初次思考什麼是愛情的人。

在放學回家的路上，有一間地區圖書館。圖書館不大，藏書量不多，但以我步行往返學校與家的四十分鐘路程來說，這間圖書館是不錯的中途休息點，尤其在夏天。

在仲夏的某一天，我來到圖書館，看見來了一名新來的管理員。初時，我不敢看得太仔細，只敢每日出入圖書館時瞥她一眼。過了兩個星期，我總算憑記憶拼湊出她的模樣：她看起來三十歲左右，皮膚白皙，黑髮飄落在肩上，眼神深邃，而當她走動時，裙襬微微搖曳，更會散發出一陣像瑪德蓮的香氣。

又過了兩星期，我鼓起勇氣去跟她搭訕。我走到前台問她：「請問，我可以請你，請你幫忙我，找一本書嗎？」口吃一般說出了太多次「請」的模樣，實在丟臉。

「我上班的第一天便見到你了。你每天都來呢！」她說。

「是。是每天一次。」我在回答什麼？她居然有留意我，難道她喜歡我嗎？

「哈哈哈……」她甩了甩頭，露齒一笑。「你太可愛了。怎麼了？有什麼可以幫你？你想找哪一本書？」

「我，我……」其實，當時的我花了些氣力研究去請她找哪一本書。我在索引卡找到一本介紹古希臘哲學的書，打算以此顯示我年紀雖小，但既有成熟的思維，又有品味。然而，在這緊張萬分的關頭，我卻念不出書名與作者名：「我，我忘記了。」

「哈哈哈哈，你這個可愛的小男孩。要不找一個愛情故事給你？」

「也可以。」

「想要自己讀。還是我，給你讀？」她放輕聲線說道。

⌘

在很久很久以前，有一個古老而偏僻的島，島上有一名亭亭玉立的女子。女子的家庭雖算不上是富有人家，但也足以讓女子溫飽，飽讀詩書。到了女子適合出嫁的年紀，父母開始給她介紹男子。

然而，無論高矮肥瘦，哪怕是貴族、商人，還是將軍，無一例外的遭到女子的拒絕。能言善辯的她，更會藉著每一次相親而高談闊論，奚落男子們一番，說男人自大傲慢，斥責他們只知道以世俗的享樂迷惑人心，卻不了解人生的真象云云。

父親不敢再安排相親，倒是去問女兒：「你想找一個怎樣的丈夫呢？」女子答道：「讀書人。」

父親花了好一陣子去勸阻女兒，希望她迷途知返，不要嫁給讀書人。豈知女兒早已下定決心，非讀書人不嫁，更是要嫁給一個知識比她淵博、理念比她高尚的讀書人。

後來，父親得悉有一名讀書人在鎮上的市場外露宿，這名讀書人出自名門世家，前半生因為繼承了一筆財產而致富，中年之後則步入貧窮，露宿街頭，成為了一個髒兮兮的無家者。

父親領著女兒去見那名無家者，打算以激將法跟女兒說：「你要嫁給讀書人的話，你就嫁給這個無家者吧！」同時，父親早有準備，打聽了無家者的背景，知道他是著名的不婚主義者，所以哪怕出了什麼亂子，女兒終究不會嫁給這個窮光蛋。

父親帶女兒來到了市場，指著那個全身黏糊糊的無家者說道：「他就是一名讀書人。據說，他在書中參透了物質的虛幻，於是拋開一切，赤身露體的在街頭過活。女兒，你要嫁給這樣的人嗎？」

「他？他嗎？」女兒結結巴巴的說道。「真的是他嗎？」

「就是他。」父親自信滿滿地答道。

女兒走近無家者，說：「請問你是否鼎鼎大名的犬老師呢？」

「你好。本人正是。」無家者說。

聽罷，女子彷彿神魂顛倒。原來，她早已拜讀過這位犬老師的著作，只是從來不知道作者竟是近在咫尺。「慘了！」父親心裡叫道，但為時已晚。女子向無家者問道：「請問，我可以嫁給你嗎？」

此時，無家者在眾目睽睽之下，把衣服全脫了，向女子說：「這就是我的全部。若然你還是想要的話，那我們就結婚吧！」

⌘

「她真的嫁了給他嗎？」我問圖書館小姐說。

「真的！她以死相逼，父母也無可奈何。最終，他們兩人便一起赤身露體的住在街上，幸福美滿的生活下去。這是我知道最浪漫的愛情故事。」

當時的我，大概聽明白了圖書館小姐的暗示。雖然我年紀輕，但至少聽到了這是關於女子要嫁給讀書人，而不怕世俗眼光的故事。每天來圖書館的我，不就是名副其實的讀書人嗎？那個婀娜多姿、飽讀詩書的女子，不正是圖書館小姐嗎？

當天晚上，我回到家中，寫了一封長長的信，寫下了我對圖書館小姐的愛慕，信中回應了那女子與無家者的故事，更承諾我會成為一個可以組織起幸福家庭的讀書人。翌日，我帶著信件來到圖書館，卻發現前台換成了一個老太婆。老太婆跟我說：圖書館小姐告假了。

一天、兩天、一個星期……

過了一個月，圖書館小姐還是在放假。我又去問那老太婆：「請問之前的那一位圖書館小姐呢？」

老太婆說：「哦，那位小姐被發現在館內行為不當，被解僱了。」

＊如有雷同，實屬與古希臘哲學家希帕嘉（Hipparchia of Maroneia）嫁給犬儒派大師克拉特斯（Crates of Thebes）的故事巧合。另，希帕嘉是唯一收錄在史料《哲人言行錄》的女性哲學家。

7

◉ 篳投鎮的由來

凡事都有因果。因為上司無理解僱了我，結果我決定放假旅行一年；因為我存款不多，結果我當上了背包旅人；因為簽證問題，結果我被迫沿著陸路往西走，終於來到了這一個名叫「篳投」的小鎮。

篳投是一個人跡罕至的小鎮。傍晚時分，我終於來到了城內的青年旅館。旅館是一座兩層樓高的樓房，說是旅館，更像危樓。或許是我太晚到達的緣故，當我踏進大門來到地下櫃面時，沒有人在。我等了一會兒後，只好到館內逛一逛，尋找服務生的蹤影。

旅館燈光昏暗，我順著走廊往前走，透過窗戶看進房間，房間裡沒有光也沒有人，「我好可能是今天唯一的住客」。我走到了走廊的盡頭，往右轉，發現了中庭。中庭有一棵甚有氣勢的老樹，散發一股讓人目不轉睛看著它的魅力。

「你好！」突然，一把聲音從我背後而來，嚇了我一跳。

「你好。」我轉身說道，眼前是一個十四五歲的男孩。

「你是預約了的客人吧！我是這裡的服務生。多多指教，請讓我帶你到房間。你還有行李在門外嗎？」

「我只有這背包。謝謝你。」我答道，然後跟隨他上了二樓的房間。

七月天，晚風是熱的。我洗澡後回房，不一會兒便又一身的汗。天氣熱得我沒法進睡，「我只好到中庭的樹下乘涼好了」。果然，戶外地方還是比較涼快。我躺在樹下，閉上眼睛，嘗試入睡。

在我快要入睡時，耳邊聽到：嘎吱、嘎吱、嘎吱……

這是什麼聲音呢？我張開眼睛，環顧四周，卻沒有異樣。我再次閉起眼睛，一會兒以後，我又聽到了嘎吱微響。我就這樣重複了五六次，萬試萬靈，一閉上眼便聽到怪聲，但就是弄不清楚嘎吱聲音從何而來。

此時，服務生提著一碗水經過中庭，我攔下了他問道：「你有聽到嘎吱嘎吱的聲音嗎？」

「你說什麼聲音？」

「很難描述的，或許像是鐵椅子輕輕在地面拖拉的聲音？」

「你在哪裡聽到的？」

「這裡啊！」我說。

「這裡？現在嗎？」

「是，也不是。總之，在這樹下……」我跟服務生解釋了一次剛才的經歷。

「噢！」服務生笑道。「那是我們的神明。那是神明顯靈的聲音，很常見的。」

「神明？」

「對！神明的聲音。」服務生說。「讓我跟你說一下『筐投鎮』的故事吧！」

⌘

在很久很久以前，筐投是一個由月光王統治的小國。月光王愛民如子，人民在他的領導下安居樂業。月光王為了時刻留意到子民的需要，不時打開宮殿大門，接見有事相求的民眾，而月光王總是有求必應。

有一次，一名不速之客來到大殿求見月光王，來者說：「聽說月光王宅心仁厚，樂善好施。賤民有一事相求。」

「沒錯沒錯。本王以助人為樂。你快說。」月光王聽到此人的讚美興奮答道。

「但是……」

「但是什麼？」月光王輕蹙眉頭說。「快說。」

「但是，此事有點難度，我不知道大王是否真的能夠做到。」

「只要你說出來，我就一定會給你辦到。」

「謝謝大王。有了大王的一句話，我就放心了。我想跟大王借一個東西。」

「借？給你就好。你說，你要什麼？」月光王說。

「大王，我最近頭痛得很，腦袋又沒有大王的靈光。麻煩大王把你的頭給了我。」

月光王身邊的大臣頓時慌了，侍衛們也隨即亮劍。一時之間，大殿內鴉雀無聲，月光王看著這名來者語塞了。

「你拿走了大王的頭，頭也是會腐爛的。」一名大臣說道。「不如讓大王賞你黃金珠寶吧！」

「不要，我只要大王的頭。」

「黃金珠寶，再加美女、奴婢，又如何？」另一名大臣道。

「我只要大王的頭。」來者答。

大殿裡，大臣們七嘴八舌，始終說服不了來者。最後，月光王開聲說：「好吧！既然你這麼堅持，我也只好答應你的要求。」月光王抽出隨身寶劍遞給來者，說道：「你動手吧！」

「且慢，大王。」來者說。

殿內眾人以為此事有了轉機，豈知來者續說：「這次，大王樂善好施，要將頭給了有苦難的我，乃是布施。如果要我來砍大王的頭，那可是弒君。我是來讓大王布施，而不是來弒君的。」

月光王聽到來者的說話，竟然聽出了一個道理來，說了一聲「我明白了」，便提著寶劍走到了外庭，隨即將自己的長髮綁到樹上，讓樹幹拉直了自己的脖子。月光王右手提起劍往頸上一揮，沒有砍斷脖子，卻弄到血花四濺。

月光王提劍用力砍，還是砍不斷脖子，只好以劍繼續往頸上來回拉鋸，發出了嘎吱嘎吱的聲音。

「嘎吱、嘎吱、嘎吱……直至頭與脖子完全分離，那沒了頭的大王才停手，圓滿了他的布施。」服務生說道，隨即雙手合十。「善良的月光王成了神靈，而此地也因以為名。」

「因以為名？得名謂『箠投』？這是什麼意思？」我好奇。

「截頭，截取了的頭。」

嘎吱、嘎吱、嘎吱……

我又聽到了嘎吱嘎吱的聲音。這時候，我的右耳有一剎那觸控到毛髮的感覺。我不敢抬頭去望，卻望到面前的服務生盯著我頭頂的上方，往樹上的方向望去，目不轉睛，一動也不動。

＊如有雷同，實屬與晉代法顯《佛國記》所記的巧合。《佛國記》：「有國名竺剎屍羅。竺剎屍羅，漢言截頭也。佛為菩薩時，於此處以頭施人，故因以為名。」

8

◉ 長老的因

這個故事發生在我青春期，當年我十五歲。

從五歲起，我便跟隨老師、長老們與同學在森林裡學道。我們是一大團人，像我這些年紀比較小的學生會跟著老師生活、聽課，而資歷比較深的長老，則會離團獨居，找一個稻草屋或樹下靜坐修行，一坐便是好幾年。

我要說的事情發生在某個炎熱的黃昏。

那一天，老師給我們在一棵大樹下講課，講到大千世界四禪九天云云，而在打呵欠的我正在左顧右盼之時，看到夕陽下的遠處，有一個人正在拖拉著一件重物冉冉靠近。我看得入神，人影與重物慢慢走近、放大。我漸漸聽到重物磨擦到地面沙石的聲音，人影的臉容也越來越清晰。

那走來的人是離團有七年之久的一位長老，他正在拖著一具馬屍回來。

長老拉著馬屍，來到了我們身旁坐下來。老師露出了典型的慈祥微笑說道：「你終於回來了。」

長老緘默不語，垂著眉尾低頭坐下，而學生們如我都往詭異的馬屍去看。馬屍的軀體有兩米長，四肢齊全，屍身沒有明顯傷痕，卻有無數的麗蠅和麻蠅在上面嗡嗡作響，或飛或停。老師曾說，一事一物都有因果，一具腐屍也可以是另一活物的天堂，而這些小昆蟲便在盛宴。

「你回來了。」老師又說了一遍。

「我要走了。」長老抬頭望向老師，有些躊躇地說。

「嗯，又到了時候。」老師說。「保重。」

長老兩頰微微地痙攣了一下，起來便往西方走去。我們一邊看著長老遺下馬屍遠去，一邊看著老師閉目微笑的靜坐。在這不尋常的氣氛下，大家噤口不語，氣氛變得凝重，安靜到彷彿聽得見昆蟲在啃肉的血腥聲音。

在夕陽的餘光快要消失時，我肚子餓了，有一股想把內心疙瘩一吐而出的衝動。我大聲說了出來，「老師，我可以發問嗎？」

老師張開眼睛，往我望來。那認真的眼神，叫我背上倏然一寒。老師說：「讓我跟你們說一個故事。」我心想，「又要說故事嗎？我真的很餓了」。

⌘

在很久很久以前，南方有一小國，住了一位仙人。仙人博學多才滿腹經綸，成了國師以助大王治國。然而，大王天性殘忍，時不時便砍斷犯人的手腳，仙人不忍與其同流合污，便到山中隱居，修習仙道，沒多久便修成四禪八定五大神通。

在某一個春天，仙人誤食了瓜果，感到身體不適。當他往河裡小解時，竟然不慎排出了些許精液。滲有仙人精液的河水流到下游，碰巧給一頭求愛發情的母鹿以舌尖舔到了。母鹿就這樣不可思議的懷孕了。

之後，母鹿每天在仙人家旁食草飲水，慢慢跟仙人熟絡起來。有天，仙人聽到母鹿大聲悲鳴，以為她被毒蛇所傷，趕緊前來救助之際，才發現母鹿生下了一個男嬰。仙人見母鹿竟然生出了男嬰，大感好奇。仙人運用神通，方知道男嬰是自己的骨肉。仙人生了父愛，抱了男嬰回家養育，取名「鹿子」。

母鹿以母乳餵哺鹿子，仙人則教他孝悌仁愛，以及各種戒律與道理。後來，仙人與母鹿逝去了，鹿子始終嚴守戒律，修得仙道，能夠移山倒海、換日偷天，終於惹來了天主的妒忌。

天主懼怕鹿子修成正果，德行會比自己還要高，最終可能會威脅到祂的地位。因此，天主召集諸天集會，共同商討如何令鹿子破戒。其中一名想討好天主的天子，推舉了一名叫阿藍的天女去誘惑鹿子。

在天主的威迫下，天女阿藍到了凡間去色誘鹿子。阿藍一身彩衣，繫上鮮花瓔珞，清麗脫俗，渾身香氣，來到鹿子面前。鹿子從未接觸女色，眼見阿藍笑靨生花，頓時感到臉紅耳赤，隨即閉目靜坐，試圖穩住心中一念。

阿藍見狀，未有離去，反而進一步靠近鹿子，以鼻尖和語言挑逗鹿子，「我們來擦一擦鼻子吧！」阿藍的香氣與體溫，慢慢滲入鹿子閉目靜坐的意識之中。阿藍脫下彩衣，以光滑赤裸的身體從後貼近鹿子的背部，抓著他的胸膛，在他的耳邊輕聲說：「快來好好的愛我吧！」

鹿子抵受不住阿藍的引誘，動了凡心，開了眼睛。鹿子見到阿藍楚楚可憐的眼神，以及她如陶瓷般晶瑩透亮的裸體，他的心臟幾乎麻痹了。鹿子脫下衣服，與阿藍裸裎相擁，起了色心。

在日光已去的大樹下，老師巨細無遺地跟我們教授鹿子與阿藍的故事。一眾十多歲的學生們，包括我，聽到如痴如醉，不想打斷老師說故事，更不敢貿然站立，唯獨有一名不識時務的同學開口問道：「老師，這故事跟長老離我們而去有什麼關係呢？」

「問得好。」老師說。「因為這名鹿子並非他人，正是你們這一位長老的前生。上世的事，未了，今世重來。」

老師繼續將鹿子的故事說下去。原來，起了色心的鹿子沒有就此破了色戒。在鹿子想推倒阿藍之際，阿藍躲開，並跟鹿子玩起你追我逐的情趣遊戲。阿藍走入森林，鹿子緊隨其後，終於到了一處壕溝，壕溝裡有一匹屬於國王的馬屍。

全身赤裸的鹿子追逐阿藍到此，見她跳入馬屍之中消失不見。他按捺不住慾火，便跳入壕溝，往馬屍發洩淫慾。

故事就此完了。老師命我們好好埋了馬屍。後來，有人將此事寫到經書之中，說是老師教導我們：「哪怕是對非人類而起的色心，無論是天女、動物，還是屍體，皆是罪。」聽說，此書成為了年輕學子爭相研習的讀本，但我不肯定這書上的道理與我的回憶是否一致。

＊如有雷同，實屬與東晉《摩訶僧祇律》〈卷一〉說到難提比丘、鹿斑童子與阿藍浮的故事巧合。

9

◉ 準備就緒

我無法張開眼皮。

有一刻，我以為自己在昏迷，卻漸漸聽到微弱的聲音，那是有人踏上木地板的吱嘎作響。我知道，我的聽覺復甦了。嗅覺呢？我聞到一陣燒柴的味道。我嘗試覺察自己身體的知覺，從頭到腳，我感受到溫度，也有觸感，我感受到手和背正在氈子上。我沒有完全昏厥，我有知覺，只是控制不了身體，動彈不得。

發生什麼事呢？

「是這個人嗎？」有個聲音說。

第二個聲音：「是的，今天只服侍他一個。」

地板的吱嘎聲又響起來。我感到有人用氈子包裹我的身體，然後移動我。他們一頭一尾的搬動我的身體，動作很慢，感覺小心翼翼的。我沒能夠張開眼睛，但意識到他們把我從右邊的床，搬到更靠近火源的左邊。

發生什麼事了？我大叫，但叫聲只留在我的喉嚨裡。舌頭、牙齒、嘴唇，絲毫不動。

第三個聲音：「我們人齊了？唉，你剛剛喝酒了嗎？滿臉通紅的。」

第二個聲音：「就喝了一點點。沒事的。不影響。」

影響什麼？他們是什麼人呢？我肯定是惹了什麼大禍？但我腦內是灰濛濛的，只能想到一連串的問題，但當我往問題想下去時，就像往體內刨出一個洞的感覺。

「他可以的。」第一個聲音說。「他可是老手。我們還是動作快點吧？我希望能趕及回家晚飯。」

他要回家晚飯，所以現在應該是傍晚。我去了什麼地方呢？我想起來了。這是冬季，而我卻在一個暖和的室內。昏倒之前，我在做什麼呢？「我在跳舞，我正在跳舞」，某個聲音在我耳窩裡喃喃。

當時，我跳完舞。有人送了一杯酒給我。我喝下了。我最後的焦點留在他嘴角露出的笑容。接著，有人抓住我的肩膀、四肢，把我抬起來。我想掙扎，卻連半點聲音都沒有擠出來。我分不清那是夢，還是記憶，但事實是我如今依然發不出任何聲音。

「你們看，他長得真像那個女人。」第三個聲音說。

「不要提那個女人，免得有殺身之禍。」第一個聲音說。

「所以我才說是『那─個─女─人』嘛！」第三個聲音說。

「哈哈，那是當然的。」第二個聲音，聽起來有點兒醺醉：「就是因為他長得像那個女人，『那─個─男─人』才要我們出手嘛！」

「你閉嘴！」第一個聲音喊道。

第二個聲音被第一個聲音罵了以後，一片寂靜，大概連他自己也意識到說錯了什麼似的。他們三人沒有再說「那個女人」或「那個男人」，也沒有再評論我的樣貌是否真的像「那個女人」。

第三個聲音，打破沉默：「那麼，我們開始吧！你們不是要趕回家晚飯嗎？」

第二個聲音，傻笑道：「不是我，是他而已。」

「廢話少說！準備就緒了嗎？」第一個聲音向著第二個聲音說：「你先把刀子燒紅，也順便看一看水燒沸了沒有？」

喔，他們果然是要宰殺我！我可以死的，反正我也是像渣滓一般活著。但你們可以讓我在完全昏迷下死去嗎？我還有知覺，還有觸感呢！還是，他們是要替我驗屍？我還沒有死啊！我試圖吶喊，卻像頭浸在海裡大叫一般。

他們打開了包裹著我的氈子。我大概是一絲不掛，心裡頓時起了疙瘩。然後，有一隻手撫摸我的皮膚，從我的胸口往下移動。

「他的皮膚既白皙又滑，而且身上沒有半點贅肉。」第二個聲音說道。

「天啊！」第三個聲音說。「你再不停手的話，別怪我們向主子告發你。」

主子？

對了，我想起來了。我正在主子席前獻舞。在我快要昏過去的時候，我看見他咧嘴一笑。接著，主人的嘴唇像慢動作一般動起來，說道：「我喜歡你。我現在就要娶你。你去給我準備好你的身體吧！」

「霍」的一聲。

一陣涼意在我身體下方滑過。劇痛直接從脊髓刺入腦袋。這次，我真的完全昏過去了。

＊如有雷同，實屬與羅馬帝國第五任皇帝尼祿（Nero）將少年斯波洛斯（Sporus）閹割並娶下一事巧合。

10

撲通三聲

在我成長的小村裡，村口有一個老婦人賣家鄉湯丸。家鄉的湯丸，跟平常的不一樣。首先，它是鹹食，雖然也是用糯米製成，卻沒有餡料，而湯水不是薑汁，也不是糖水，而是一碗火紅色的辣湯。其次，我們的家鄉湯丸煮不爛，那一大鍋湯丸從早煮到晚，還是一顆顆晶瑩剔透，翻滾在鍋中。外地人吃不慣，但我們從小吃到大，滋味無窮。

有天，我又去買湯丸吃，貪吃的我問老婦人：「湯丸只有三顆，吃不飽，要不你多給我一顆吧！」老婦人一邊下湯丸，一邊說道：「我們的湯丸，每一碗就是三顆，不能改、不能改。」我不服氣，爭取要多一顆。老婦人說：「如果你要堅持的話，也可以。

不過，你先聽我說一個故事。」

⌘

在很久很久以前，有一對鑄劍的夫婦，他們身懷絕技而安於平淡，在村子裡過著平靜的生活。有一天，國王不知道從哪裡打聽到這對鑄劍夫婦的厲害，命人向他們要一對絕世寶劍。

鑄劍夫婦不敢怠慢，花盡心思去鑄造國王要求的一對寶劍。第一年，鑄劍夫婦一共鑄了五十二把劍，卻嫌它們不夠鋒利；第二年，二人又鑄了五十二對劍，卻嫌對劍的重量總是不夠平均；第三年，他們再三努力，又鑄了五十二對劍，終於打造了一對無懈可擊的雌雄劍。

當鑄劍夫婦滿心歡喜，以為給國王鑄造了一對絕世寶劍之時，另一邊廂，國王早已忘了曾經下了這個命令。當國王收到鑄劍夫婦的消息，知道雌雄劍已經造好之時，才發覺時間已過了三年。國王大發雷霆，認為鑄劍夫婦存心怠工，欺君犯上，便命人去村子取劍捉人。

鑄劍夫得知消息，決定與其等人捉拿，倒不如主動快馬加鞭向國王送上寶劍，但他心裡有數，知道此行凶多吉少。臨行前，鑄劍夫對懷胎十月的妻子說：「此行九死一生，我只帶一把雌劍，留下雄劍作為後著。若然我有什麼不測，待孩兒長大成人後，便告訴他我將劍埋於村後的後山樹下。」

鑄劍夫帶著雌劍上路，留下了哭成淚人的妻子。果然，國王一見鑄劍夫，即大發雷霆，不問究竟，命人將鑄劍夫斬首去了。鑄劍夫死後不久，鑄劍夫婦的男孩出世了。男孩漸漸長大，一天，男孩問鑄劍娘：「為什麼我生來便沒有父親呢？」鑄劍娘告訴了孩子真相，同時告之藏劍的地點。

男孩跑到後山，卻大惑不解，「我們村子建在平地森林之中，何來一個後山呢？」此時，一隻紫藍色的喜鵲飛來，落在一根松木柱子之上，柱子旁邊有一塊石頭。男孩恍然大悟，「木柱即樹，石即山也」，隨即破開了松木柱子，找到了父親留下的雄劍。

「劍已到手，卻欠一計。怎麼辦呢？」男孩手中拿著雄劍，對依然停在松木上的喜鵲說道。

說罷，喜鵲便飛走了。

那一晚，喜鵲飛到了王宮，穿過窗戶，來到了國王的床頭。國王熟睡，夢見一個器宇軒昂的孩子來到宮中責罵他，重複說著「我要為父報仇！我要取你的命！」夢裡的孩子一邊咒罵，一邊揮動手中利劍。國王扎醒，一身冷汗，回想夢裡細節，想到了那夢中的劍，像極了自己擁有的雌劍，也想起了當日處死鑄劍夫一事。國王大喝一聲，命人立刻前去捉拿鑄劍夫的兒子。

男孩得知國王的追殺令後，隨即帶著雄劍逃到深山。他走著走著，感懷身世，唱起悲壯的歌謠來。此時，迎面來了一位少年，一身紫藍色衣裳，五官端正，秀髮與眉毛順滑亮麗，彷彿塗抹了羽毛的油脂。少年問男孩：「孩子，你何以悲傷呢？」

男孩爽快地將事情始末告之，少年說：「計謀，我倒有一個，只是不知道你是否願意配合？」

男孩大喜，向少年請教。少年便在男孩耳邊完完整整說出了計謀。

男孩聽了少年的計謀，停了片刻，望著少年說道：「好吧，有勞了。」隨即以手中雄劍，手起刀落，利落割下了自己的頭顱，並將之與劍一併遞給少年。

過了幾天，少年來到國王殿前。少年身懷雄劍，將男孩的頭顱呈上國王，並說出如何騙到了男孩頭顱的經過。國王大讚少年的才智，說自己終於可以安枕無憂。

「大王且慢！」少年說：「男孩的怨氣實在太深，若不把他的頭顱煮爛，恐怕他還會潛入大王夢中作祟。」國王覺得言之成理，命人在庭前架起了大鍋，放滿了水，燃起了火，撲通一聲，將男孩的頭顱拋進鍋裡。

三天三夜過去了，爐火一直旺盛，煮出了一鍋血紅色的湯，卻見男孩的頭顱還是浮浮沉沉，沒有半點煮爛的跡象。國王急了，便問少年。少年說：「恐怕火是煮不爛這男孩的頭顱，倒是國王的威嚴可以。請國王親眼盯看男孩的雙目，破解他的魔法。」

國王見男孩的頭煮不爛，心裡一慌，聽從少年之說，走到了鍋邊，探頭望去男孩的頭。男孩的頭顱在湯面翻滾，正好翻轉到跟國王四目交投。國王見到男孩雙目依然炯炯有神，一驚。同時，國王的頭顱已被少年一劍砍下，撲通一聲，掉進鍋裡。

少年見男孩大仇已報，撲通一聲，又將自己的頭顱送入鍋中。

⌘

撲通、撲通、撲通。老婦人下著湯丸，繼續說道：「撲通三聲，三個頭顱在湯裡翻啊翻，煮不爛，分不清。我們稱之謂三王湯。三王就是三王，卻不能多了一王嘛！你說，你是不是真的要多一顆？」

*如有雷同，實屬與晉代《搜神記》卷十一〈三王墓〉巧合。

11

◉ 戰爭的意義

入夜的軍營，安靜得叫人不寒而慄，靜得只聽見蒼蠅的嗡嗡聲。這些時候，我便會想起那一個木桶。我們不知道哪一個木桶才是那一個木桶，而有些在戰場上奮勇作戰的人，又或戰死了的亡魂，甚至不知道我在說的木桶究竟是真有其物，還只是一個代號。

十多年前，來自北方的敵人以七千兵力入侵我的故鄉。他們突如其來的攻擊，叫我們吃了一些苦頭。畢竟，我們沒有想過他們竟敢以小博大，還自以為是被祝福了的大衛。這一幫北方蠻人真的有一種不講道理的拼勁，往往能夠一鼓作氣衝散我們的防守。

勇氣可以助你勝到一兩場戰役，只有實力能

夠勝出整個戰事。當戰爭持續下去，我方的數量優勢慢慢顯現，我們的軍隊重新編配成了一支三萬人大軍，並會師於山地。在山地上，北人與我們打了一場生死戰。

我們的戰士確實沒有對方的勇猛，但我們的兵量卻是對方的四倍。在這場激戰，我們雙方各死傷二千人，彼此的殺傷力成了均勢，但敵人的軍隊少了三分之一，潰不成軍，只好撤退。

此時，我的主人向對方提出了仁慈的建議——和談。

我們在兩陣之間築起了一個營，雙方各派要員與隨從出席。主人是我軍的代表，而當我們到達營地時，對方的首領早已好整以暇的安坐在大營之中。與其說這是一場和談，它更像兩個哲學家的辯論。

「因為戰爭，我們死了這麼多人。試問我們為了什麼打仗呢？」主人說。

「光榮。」敵人說。「為了光榮。」

「光榮比生命重要？」

「沒有光榮的生命，比死亡更可悲。」

「但上帝會承認以奪走別人生命而來的光榮嗎？」主人說。

「我怎能代替上帝說話呢？」敵人說。

主人與敵人環繞戰爭的意義，展開了兩小時的辯論，從上帝談到存在，說到什麼是公平，什麼又是公義。後來，又從哲學轉到歷史，談起了兩族人之間的仇恨由來，說到了過去數代的恩怨。我視之為恩，卻是對方的怨，反之亦然。哲學與歷史的話題，沒完沒了。你一言我一語，各有執著，卻沒辦法得出任何結論。

「但你不會不同意，戰爭是要帶來己方的利益。」主人說。

「我同意。」

「那麼，我們來談一下利益。」

「正有此意。」敵人說。

「你說，你們是為了光榮而戰，對吧？」

「千真萬確！」敵人說。「而你說，你們是為了族人而戰？」

「正是如此。」主人笑說。「我有一個提議，看來是彼此都可以接受的。」

在接下來的一小時，主人與敵人在地圖上比劃，並在羊皮紙上草擬和約。和約的最後版本，大致如下：我軍承認戰敗，敵軍則歸還所有佔領了的土地。和約內容兩全其美，對方得到了想要的光榮，我們奪回了族人與土地。

當主人正要在和約上簽署時，打趣地說：「對了，除了土地，你們也要歸還我們那一個木桶。」

「木桶？哪一個木桶？」

「我的下屬說，你們在撤退時，從我們的營中帶走了一個用來餵馬用的橡木桶。請你們一併歸還。」

「我不知道你在說什麼，也不知道有這樣的一個木桶。」

「哈哈哈哈……」主人大笑起來，說：「你們的幾個士兵喝醉了，用了我們餵馬的木桶去打井水喝呢！」

「哪有這回事。我不知道你在說什麼木桶。」

「沒事沒事。反正你們隨便歸還一個木桶便是了。」主人堅持說。

「我再說一次。」敵人說。「沒有這樣的一個木桶。」

因為那一個木桶，和約談不成了。從此，我們與敵軍陷入了十多年的戰爭，雙方死傷至少四千多人。我厭倦了。我在每一場戰役，都以但求一死的意志作戰，卻始終僥倖生還下來。每次踏入對方陣地，我都往地上望，同伴以為我在找金銀珠寶，而我只想尋找到那一個不知道長什麼樣子的木桶。尋找，就是我的戰爭意義。

＊如有雷同，實屬與「摩德納─波隆那戰爭」巧合。公元一一七六年至公元一三四五年間，發生在意大利的「摩德納─波隆那戰爭」，又稱「木桶戰爭」。

12

盡孝的郭仔

哇哇哇哇、哇哇哇哇。好不容易，郭仔的兒子終於順利出生。

郭老太從兒子手上接過孫兒。孫兒有一張泛紅的瓜子臉，還有一雙動人的大眼睛。孫兒哇哇大叫的哭聲，在郭老太耳內卻是歡樂的笑聲，她聽著聽著，與孫兒四目交投，不禁老淚縱橫，激動流下喜悅的淚水。畢竟郭仔一家，在這幾年間經歷了太多事情。

數年前，郭仔的父親病重。郭老太與郭仔為此四處奔波，可惜郭老爺最後還是撒手人寰。在喪事以後，郭仔發現兩個弟弟一夜之間失蹤，不知去向。原來，在父親病重時，弟弟們早已分了家產，偷偷運到了別處。如今，他們一走了之，留下了年事已高的郭老太，待郭仔與妻子獨力照顧。

事已至此，郭仔沒有任何怨言，始終侍母至孝，待妻至情。郭仔以最大的勞力換取養活一家三口的糧食。他們家境貧困，尚算勉強求得溫飽，只是郭老太喪偶不久，又遭到兩名兒子遺棄，心力交瘁，終日悶悶不樂。

孝順的郭仔見狀，用盡方法逗樂母親，只見郭老太強顏歡笑。直至有一天，郭仔輕撫著妻子的肚皮向郭老太報喜，說她要成為祖母了，郭老太方才轉悲為喜，破顏一笑，彷彿人生有了新希望。

孫兒還未出世，郭老太便四出張羅小孩的物資，還典當了自己最後的一件飾物，即一枝老爺生前送她的髮簪。她給孫兒買了一張厚棉被子，並給媳婦買了一隻雞補身。母慈子孝，婆媳和睦，一家人安樂的等待小孩出生。

因此，當郭老太終於親手接過孫兒之時，見他健健康康放聲哭叫，自己也喜極而泣。

之後三年，郭氏夫婦終日在外工作，留待郭老太在家照顧小孩。郭孫兒一日一日長大，體魄強壯，神態天真，笑得多，也吃得多，惹人喜愛，博得郭老太天天開懷大笑。

可惜，任夫婦二人再努力，一家四人的糊口還是不夠。為了供養三歲大的孫兒，郭老太節衣縮食，寧願自己捱餓，都要讓孫兒吃得飽。同時，她又怕兒子郭仔擔心，只好暗中行事，偷偷分薄自己的膳食給孫兒，如此又過了數個月。

有一晚，郭仔又在擔心帶不夠糧食回家，他沿著田間小徑回去，望向家中，見家裡點起了微弱的燈光，郭老太瘦巴巴的身影照在窗前。甫入屋，郭仔見到郭老太正在以瘦骨嶙嶙的手，溫柔撫摸吃飽熟睡的孫兒。郭仔頓時明白，這數月以來，「母親一直以自己的飢餓，來換取孩子的溫飽」。

郭仔一夜難眠，一方面斥責自己的不孝，竟然有這麼長的時間沒有關心母親，至現在才留意到母親的消瘦，另一方面又想不通如何賺取更多的糧食。郭仔思前想後，終於想到一個辦法！

翌日，郭仔吩咐了妻子藉詞，說有意外之財，請郭老太一起到鎮上為孫兒添新衣。郭老太不虞有詐，便跟著媳婦到市場去了。臨走前，郭老太千叮萬囑郭仔要好好照顧孫兒，「要把握機會，一盡天倫之樂」。

郭仔與孩子兩個人留在家中。孩子平常都由郭老太照顧，難得可以與父親獨處，拿出了自己的玩物與父親分享。「這個是河邊檢來的石頭」，「那個是田裡拾到的弓形樹根」。父子兩人如此這般樂也融融，玩了一個早上。

中午，郭仔獨個兒到了後園，在一棵波羅蜜樹下開始掘土，一邊掘一邊念念有詞，「我在盡孝，我在盡孝」。原來，郭仔不忍見母親消瘦，苦無對策，為了一盡孝道，唯一的方法就是去活埋兒子。

昨晚，郭仔說服妻子道：「孩子可以再有，但母親死了便不能復活。」妻子說不過他，只好忍痛配合。今早臨行前，她深深的親了一下兒子的額頭，轉身就走。

烈日當空，郭仔滿頭大汗，終於掘出一個方形小洞來。孩子看見樹下的父親往地下看得發呆，便從屋內大叫出來：「父親，你在看什麼呢？」

郭仔回望兒子，叫道：「你過來，自己來看一看？」

＊如有雷同，實屬與元代《二十四孝》之「埋兒奉母」巧合。

13

永恆的愛

三個犯人被帶到了刑室。

門一打開，他們都察覺了即將要發生的慘事。刑室的地下是一塊泥地，牆壁是粗糙的紅磚，四周瀰漫血腥與老鼠糞便的混合氣味。房間中央有兩張椅子，一張是空椅子，另一張坐了一位穿戴華麗的男子。

守衛粗暴的推倒三名犯人在地上。「輕點。」坐在椅子上的高貴男子說道：「他們三位是我父親的得力助手。」

高貴男子向守衛微微頷首。守衛便解開了三人的手銬。男子繼續說道：「你們都是我的貴賓。我只是想你們幫我釐清幾件事情，然後我就會還你們自由。」三人均知道自己的下場必然是一死，只求死前少一點折磨，齊聲求饒。

「哈哈哈哈……」高貴男子大笑起來，像沒有聽到三人的哀求一般。「你們輕鬆一點，我們就是聊聊天。你們知道我要問什麼嗎？」

「大人，我了解。」第一名犯人說。

「你了解？」高貴男子往前傾身，一臉嚴肅。「先生，我連自己也不了解要去了解什麼，你竟然了解我要問什麼嗎？太聰明了吧！」

「對不起、對不起……我不了解，我不了解。」

「現在又不了解？所以你了解，還是不了解？還是存心糊弄我？」

「不是的。」第一名犯人說。「我知錯了，求你饒了我們吧。我們只是聽命於你父親，奉命行事。」

「你們都是忠心的僕人。所以說，是你下手的？」

「不是的。」第一名犯人用力搖頭說道。「我只是負責將她拉上馬車，不關我事的。」

聽罷，第二名犯人立即抗議，指責第一名犯人胡言亂語。

「靜！」高貴男子以纖長的食指指著第二名犯人說。「到你說。」

「我們真的什麼都不知道。」第二名犯人說道。「我們收到指示，要去綁架那一名女子。但我們真的不知道她是主人你的愛人。」

「愛人？我的，愛人？」男子說道，隨即拔出腰間的長劍指著犯人的鼻子。「你知道什麼是愛嗎？」

「不、不知道……」第二名犯人顫抖地低聲說。

高貴男子向守衛打了一個眼色，守衛立刻按住了犯人的手腳。男子用劍割下了第二名犯人的舌頭。犯人大叫起來，聲音卻很模糊，不斷發出咕噥聲。第一名犯人見狀，尿了褲子，跪在旁邊抑壓著自己的哭聲。

「所以說……」男子望向第三名犯人說。「是你下手的了。」

「隨便你吧！」第三名犯人眼神堅定地說道。「反正我們是奉命行事，反正事情真的做了，反正就是難逃一死。」

「是的。」高貴男子坐回椅子說道。「可能真是命運的安排。那麼，你就一五一十說清楚來龍去脈吧！」

「哪有什麼來龍去脈？事情就是你父親反對你愛上平民女子，命令我們去綁架殺人。大人，哪有你不知道的事呢？」

「細節！我要細節！」男子大吼，眼中卻露出痛苦。

「沒有什麼細節。整件事乾淨利落，綁架、殺人、埋屍，沒有半點多餘的動作。」

「那麼……」高貴男子坐直了身子。「是誰砍下了她的頭？」

三個犯人始終沒有說出是誰動手砍下了女子的頭。他們知道辯駁不了什麼，只好低頭嚷嚷：對不起、對不起、對不起……

犯人的哭聲與哀求在刑室內迴盪。良久，高貴男子拍了拍手，身旁的守衛隨即往後方的房間去了。男子說：「你們就親口跟她說對不起好了。」

守衛搬出了一名女子的屍體，安放在高貴男子旁邊的椅子上。女子的屍體缺了眼球，皮膚皺巴巴，但滿身珠光寶氣。男子溫柔地用手背輕撫了一下屍體的臉頰，握住了她戴滿金銀珠寶的手。

三個犯人對著女子屍體不停地叩頭。男子說：「當日你們殺害了我的愛人，害我心如刀割。我知道什麼是愛，我知道什麼叫永恆的愛。所以，我不會傷害你們的愛人。但是，你們卻要一試心如刀割的滋味，就像我當年一樣。之後，你們就可以自由了。」

三名犯人被活生生挖出了心臟。從此，高貴男子與缺了眼球和生命的愛人過著幸福快樂的日子。男子與愛人形影不離，無論大大小小的場合，愛人都佔有一席位，安坐在男子身旁。到了大時大節，男子更要隨從與僕人排隊成列，向他的愛人行禮，輕吻她只剩下骨頭的雙手，好以見證他倆永恆的愛。

＊如有雷同，實屬與葡萄牙國王貝德羅一世（Peter I of Portugal）與愛人卡斯楚（Inês de Castro）的故事巧合。

14

一塊空地

為什麼我會成為一個作家，成為一個說故事的人呢？回想起來，這大概可以從我第一次與父母旅行說起。

當時，父親剛剛升了職，我念小學，而妹妹又未出世，家裡終於可以多了一點閒錢，我們便第一次一家人出國去了。

我們一家三口參加了廉價旅行團，往四個小時航程外的一個島國去了。廉價旅行團有幾個特色：吃沒有選擇的指定食物、大量的購物地點，以及參觀不知名又不會停留太久的景點。我們在一個山上的停車加油處遠觀了一個湖、到了一個什麼和平紀念廣場拍了一張團體照，還有在一間大概在鄉間相當出名的雪糕店買了一杯香草味軟雪糕。

到了旅程的最後一天，即第七天，導遊帶我們到了一處「被大火燒過的一座房子的遺址」。所謂房子的遺址呢，即在三座單幢式大樓的品字形中間有一片空地，空地有草，還有一棵小樹，以及一個牌子寫著「於七火災燒了的第一間房子的遺址」。

「大家都聽過七火災嗎？」導遊用揚聲器說道。在烈日下的三十多名團友包括我沒有一個答話。「沒有吧？所以，你們需要導遊，導遊就是有導遊的價值。

「七火災，不是七次火災，而是一場大火災。長話短說，在數百年前，這裡發生了一場驚天大火災，燒了將近半個城市。這場火災的起因，源自於一名叫七七的少女。有一次，七七的家裡起了火，家園燒成了灰燼。七七的父親只好帶著家人一同前往寺院裡暫住，待新家重建後才回去。

「誰知道當七七住進寺院之後，竟然愛上了一個負責處理雜務的少年。少年高大英俊。他勤勉和誠懇的舉止，打動了情竇初開的七七。七七與少年兩情相悅，七七十六歲，少年比她大幾歲，兩個年輕的青春靈魂就此愛上了對方，不能自拔。

「可惜，正當七七與少年愛到濃時，七七的新家也重建完成。七七無可奈何，被迫離開寺廟，與少年分開。七七實在太愛那個少年了，她日思夜想身在廟裡的少年，終於想到了一個法子。大家猜到是什麼嗎？」

「燒了新屋！」一名五十多歲的男團友大聲說。

「對！梁生。你真聰明。中午飯時，獎賞你多一碗米飯。」導遊故作風趣的說道。「的確，為了重回寺廟，七七竟然放火燒了自己的新居，但星星之火可以燎原，七七的縱火，火燒連環船，造成了一場世紀大火災。因此，大家便以七七的名字命名這場大火災，而七七也因為縱火罪而被送到刑場接受火刑。」

故事說完，大家滿意的乖乖回到旅遊車，享受期待已久的車上冷氣，準備出發去中華料理。

回到車上，我隔著玻璃，依然看著那一個空地。這是我人生第一次感受到故事的真正威力。一個故事，令一塊空地成為一個景點，令我們在烈日下罰站了數十分鐘，更成為了我們要付導遊費的理由。

你可能會說，這不是故事的威力，而是歷史的分量。然而，當我長大後無意間讀到關於所謂「七火災」的資料時，才發現導遊當日說的，根本是亂編的故事！

沒錯，少女是為情而縱火，但導遊將因說成果，少女第一次失去家園，本來便是因為那一場燒了半個城的驚天大火災，而少女之後縱火燒了的，只有自己的新家園，卻沒有殃及池魚。後人以少女的名字命名那場火災，是因為大家可憐那個少女，認為她的不幸都源自於那一場大火。更重要的是，少女根本不是叫七七，而是叫於七，那場大火不是叫七火災，而是稱為「於七火災」，那空地的牌子不是清楚寫上「於七火災燒了的第一間房子的遺址」嗎？

後來，我問媽媽，問她還是否記得七七的故事，以及那一個遺址。媽媽說：「我們有參觀過一片空地嗎？」

＊如有雷同，實屬與日本江戶時代的「於七火災」事件巧合。「於七火災」事件，又名「八百屋於七事件」。此事也曾經被作家井原西鶴改編成故事，收錄在《好色五人女》一書。

15

◉ 妖刀的詛咒

「桑，聽說你也有吧？你拿出來，讓他看看。」

說話的男人聲音嚴肅而宏亮，聽起來耳熟，但沒頭沒尾的一句話沒辦法讓謀士想起這男人是誰，而謀士也不認識名叫桑的人。但，這劈頭的一句說話，卻將謀士從夢中帶回現實。當時，他與太太身在馬車，正在趕路。

「怎麼了？」太太問道。

「沒事。只是發惡夢。」謀士說。「我夢見一個穿了浴衣的小女孩，走到溪澗，跳入溪水，才發現溪水是高溫的泉水，小女孩一跳入水便驚叫，發出恐怖的求救聲。我想去幫忙，卻給一名男子喝止，說了一句沒頭沒腦的話。」

「你最近老發惡夢。」太太說。「是壓力太大吧。馬車再走一段路，路經茶室，我們去喝杯茶，休息一下再趕路吧。」

謀士握著太太的手，表示答謝她的關心，心中卻在躊躇這次行程的事。這次行程路途不遠，卻是凶多吉少，除非他能夠在到達目的地之前，想出了「那一個萬全之策」。謀士還沒有想通，而他只剩下半日的車程。

⌘

謀士與太太到了茶室，點了兩杯綠茶。謀士想起了剛才的夢，問太太說：「你認識一個叫桑的人嗎？」

「桑？」

「嗯。」

「不知道。」太太說。

此時，傳來紙門拉開的聲音，一名貌似俠客的人走進了茶室。俠客身材高大，腰間夾了一把銀白色鞘的武士刀。甫進店，俠客禮貌向店主點頭示好，坐到了謀士旁邊的另一張桌子，並將刀放於桌上。

「這是一把好刀。」謀士出於禮貌向俠客說道。

「喔，你懂刀。」俠客說。「此刀出自名家之手，來自於桑名市。」

「桑？桑名市？」謀士打聽說。「嗯，是怎樣的一把寶刀呢？」

「哈哈哈哈，此刀來自於一位傳奇刀匠。」

「傳奇刀匠？」

「想聽故事嗎？」

「願聞其詳。」

「這位刀匠以打造世上最鋒利的刀刃為一生目標，並四處尋找其他的名刀匠比試。傳奇刀匠的刀刃從未落敗，終於要挑戰最後一名刀匠，名叫『正宗』。兩個刀匠相約到了溪澗……」

「溪澗？」謀士驚訝。

「對，他們相約到了溪澗，各自將寶刀插進湍急的流水。正宗刀匠的刀將順著流水滑下的每片葉片切開，乾脆利落；而傳奇刀匠的刀，同樣將飄過的葉切開，但同一時間，更將游過的魚兒一分為二。」

「好一把薄而鋒利的刀，敢問傳奇刀匠之名？」謀士問道。

「嘩，好漂亮的刀！」一名不知道從哪裡冒出來的小女孩一手奪起了俠客的寶刀。

「穿浴衣的小女孩？」謀士心想，同時聽到俠客喝止「不要！」

小女孩手腳靈活，左手提鞘，右手拉刀，拉出了一方寸的刀刃，刀光正好反射到謀士的眼睛。俠客隨即奪回寶刀，收回刀刃，臉上卻露出了恐懼，口中念念有詞，「快走、快走……」

「怎麼了？」謀士說。

「快走。」俠客身體略微往後靠。「我在制止它，你們快走……」

「它？」

「此刀之所以非凡，是因為刀匠與魔鬼立約，魔鬼教他以狂亂與憤怒注入刀刃，打造世上最鋒利的刀，但代價是每一把出自這名刀匠的刀，一旦出鞘，便要染血。」

「這只是傳說吧！」

「你們快走！妖刀會逼持刀人狂亂嗜血，直到刀刃沾染到血光。」

「如果沾不到血呢？」

「如果持刀人找不到斬殺的目標，刀刃不滿足，便會朝向持刀人自身。還不快走？啊！」

「啊」的一聲，俠客出刀快如閃電，一刀劈向謀士，刀從頭頂劈入眉間，謀士的一個眼球掉出眼窩，鮮血從嘴裡汩汩而出。店內沒有半點聲響，店外傳來了鳥兒的叫聲。

⌘

「丈夫大人？」

謀士耳邊傳來了鳥聲，以及太太的聲音。他睜開眼睛，確認自己還在馬車上，車內只有他與妻子。

「又放夢了？」謀士太太說。「我們到達了。」

謀士終於抵達了主公的城堡，隨即跟著侍者進了內廳。廳內，主公正襟危坐於中央，左右各有四人。

「長途跋涉，辛苦你了。」主公先開口。

「不敢。」謀士答道。

「不知道你想通了那一個萬全之策沒有？」

「小人有一個故事，想獻給大人。」

「快說。」

「但，小人想先跟大人求證一件事。」

「准。」

「請問大人家族的刀，是否都是出於傳奇刀匠之手？」

「當然。事實上，全國一流武士的刀，不是出於傳奇刀匠之手，就是其弟子以他之名鑄造吧！」

「是的。又問，大人的家族是否都曾被刀匠之刀所傷？」

「豈只傷，還有死。祖父與先父都死於此刀之下。」主公說。「我們習武從軍的人，有哪一個沒有刀傷？就連我小時候也曾被此刀所傷。」

「正是這樣。大人！」謀士跪下，並將剛才在車上的惡夢告訴了主公。

主公聽罷謀士的故事，說道：「你的意思是……刀匠名下的刀，都是妖刀。」

「正是。」謀士說。「理應下令取締。」

「好故事。好計謀。」主公大笑起來，哈哈哈哈了四聲，指向身右的一名下屬說：「桑，聽說你也有吧？你拿出來，讓他看看。」

謀士驚訝地抬頭望去，只見那名叫桑的男人，將刀遞到他的額前。主公向謀士說道：「妖刀的詛咒，千真萬確。你一個人帶此妖刀到外面花園去，出鞘看看吧。」

＊如有雷同，實屬與德川家康取締村正刀的歷史巧合。

16

昨晚的老婦人

「叩叩、叩叩。夜已深，老婦人以長滿皺紋的手，輕敲著馬太太家的大門。叩門聲越來越大，越來越重，直至馬太太終於前來應門。」教授以平靜的聲音道出。

這是我趕到課室時，教授正在說的內容。這門課開學七個星期，我缺席了兩次，遲到了三次，如果再缺席的話，我的日常分數大概會降到零。所以即使今堂課只剩下十五分鐘，我也必須趕到，務求可以簽名報到。為什麼我總是遲到呢？一般的解釋是我真的住得太近，念過大學的人都知道，對於住在校園內或宿舍的人，遲到的比率會提高百分之三十九。但，今天不同，我今天遲到的理由是合理的，因為我早上拉肚子，估計是輕微食物中毒。

「叩門聲越來越大，馬太太不耐煩的打開了門，見到一個老婦人站在門前。馬太太問她：『這麼晚了，我有什麼可以幫到你呢？』老婦人以一臉溫柔，卻是沙啞的聲音答道：『是我不好，都這麼老了，還要一個人遠行，結果走了十多公里至這麼晚才來到這裡。天色又晚，想請問你可否讓我借宿一宵？』」教授繼續說。

教授在說的是發生在十七世紀末的一個案例。馬太太在老婦人再三哀求下，終於讓她借住一宿，而老婦人也兌現承諾，在隔天一大早便馬上離去。然而，奇怪的事，就發生在老婦人離去之後。

在老婦人離開了的那一個下午，馬太太的大女兒午睡起來時，發現手腳動彈不得，身體不由自主。女兒驚慌失措，大哭起來。馬太太見狀，立即請了鎮上的醫生前來診斷，豈料醫生說他從來沒有遇見這樣的情況，也不知道女孩患了什麼病。醫生隨便開了一些有鎮靜作用的藥，但不敢保證女孩是否能夠康復過來。

果然，女孩的病一直沒有好轉，甚至變得更壞，間中出現嘔吐、抽搐、歪頭的症狀。幾天之後，遠行回來的馬先生見到女兒變成這個模樣，趕緊帶她到教堂求助。

「神父見到馬太太的女兒病成這樣，他會有什麼判斷呢？」教授問我們。課堂上鴉雀無聲，三十多人的課沒有任何一人嘗試回應，而教授早已習慣這個情境，繼續自問自答的說下去。

神父馬上為病重的女孩進行驅魔儀式，查出了女孩身上有五個惡魔的化身，分別是野狼、黑貓、惡犬、短髮女魔，以及鷹頭獅身怪。「鷹頭獅身怪？即獅鷲？這也太巧了吧？」我心想。「鷹頭獅身怪與馬，本來就是世仇，現在居然搞砸了馬女兒的身體。」

教授續說：「神父判斷，女孩肯定是被人下咒了，下咒的人就是女巫。神父追問馬太太說：『誰是下咒的人呢？你的女兒曾經接觸過誰呢？』」

「接觸過誰？還有誰？肯定是那老婦人。」我心想。同時，我也想到了為何我一大早會拉肚子了。我回想起來，昨晚與宿友去夜宵的時候，倒糖水給我的也是一個老婦人，她沒有戴手套，裝束殘舊，頭髮凌亂，肯定是她的手不夠潔淨，害我拉肚子。

「在審判庭上，神父捉來了一個外來的老婦人。沒有人解釋到為什麼那天一大早離開了的老婦人，又會回來小鎮成為又一次的外來者。總之，病重的馬太太女兒，在人群中指出了一名老婦人，就是當天那一名老婦人便是了。」教授看到時鐘快到下課時間，趕快說道。

「在審判書上，神父說出老婦人到訪當晚的經過，說老婦人進了大廳後，見到馬太太的三個女兒正在靠著壁爐取暖。這個時候，畜牧房突然傳來了羊隻的嘶叫聲。馬太太不虞有詐去了看個究竟，留下了女兒與老婦人。

「老婦人把握了這個空檔，逼使女孩吃下從袋子裡拿出來的一塊麵包皮，還威脅她說：『別想放聲求助，否則我會吃了你。快吃！給我乖乖的把它吃下。』就這樣，女孩吃下了又酸又臭的麵包皮，隔日便病倒了。

「課堂時間到了，我們先說到這裡。」教授看了一看手錶說道：「我們下一次再詳細討論女孩的病徵和成因。」正當大家收拾物件下課時，教授以手勢向我示意，要我去到演講台。

心知不妙的我，從演講廳最高最後的一排，慢慢的一步一步走下階級，以免我的夾腳拖鞋發出過於囂張的聲響。我好不容易走到台前，在我正要跟教授解釋是昨晚的老婦人害我拉肚子一事之時，教授搶先一步，斬釘截鐵的訓示：「這門神經性疾患的課，是你的必修課。你再有缺席或遲到，後果自負。下堂準時見。」

＊如有雷同，實屬與一六九二年的「塞勒姆審巫案」（Salem Witch Trials）之其中一個案子巧合。

17

沒所謂

韓叔是村裡的乞丐。他終日無所事事，在村內走來走去，吃飽了就睡，睡飽了就乞，晚上到廟宇睡覺，早上到村後的溪流下游梳洗，到了黃昏，他便會在村口大樹下跟小孩說故事。我也是聽他的故事長大的。

大人們都不准我們去聽韓叔說故事，但越是禁止，我們就越想去聽，尤其韓叔說的故事都十分精彩。有一次，不知何故，只有我一人來聽韓叔說故事。那是立冬後的傍晚，天色漸暗，我在遠處見到韓叔一人獨坐在樹下，手中拿著一片葉，看得入神。我走近，說道：「韓叔！」

「哎！你這個誰。」韓叔說。「又來要聽故

事了？」

「你拿著那片葉，在看什麼？」

「我在數它的葉脈。」

「葉脈？」我問。「有很多條吧！怎樣數呢？」

「很多條，但又只有一條。」

「一條？」

「它們都連在一起。」

「好深。我不明白。」我說。「韓叔，你懂得這麼多道理，為什麼會當上一個乞丐……」話未說畢，我已想收口。說人家是乞丐，實在太沒禮貌。

韓叔見我緊張起來的模樣，大概也看懂了我的反應，笑說：「沒所謂，沒所謂，我就是一個乞丐嘛！有什麼不能說的？這樣吧，我跟你說一個故事。」

韓叔與我並排坐在大樹下，他跟我說了一個故事。

⌘

在很久很久以前，有一個人叫某君。某君嗜賭成性，遊手好閒，整天做著偷雞摸狗、順手牽羊的事，惹得同村人厭惡，神憎鬼厭。

「某君是你嗎？」我問。

「哈哈哈哈，沒所謂。可以是我，也可以不是我。」韓叔說。「你先把故事聽完。」

某日，某君又賭輸了錢，走投無路，便打起了鄰居的主意。某君的鄰居姓姚，姚娘是一名寡婦，矢志堅貞，足不出戶，整天在家裡做針線活，數年以來，儲蓄了不少錢財。於是，某君想到深夜翻牆，把錢偷去，「反正姚娘不出戶，不花錢，更不用再儲嫁妝，錢被偷了也沒所謂」。

到了晚上，某君爬到牆上，卻見到姚娘屋內還是點了燈火。某君仔細一看，看到牆上的影子。原來，姚娘還在深夜紡紗。但，「奇怪了！為什麼姚娘身旁，還有一個黑影呢？」

某君爬到了牆的另一角，換了一個角度偷看，終於看見屋內情況。某君看見姚娘坐在桌前紡紗，旁邊卻站了一個頭戴黑帽的男人。某君見狀，心想：「姚娘以貞潔著稱，何以在晚上收藏了一個男子在家呢？」

姚娘一邊織紗，黑帽男子卻一邊用手勾斷棉紗線。斷了又織，織了又斷，反覆多次後，姚娘突然痛哭起來，哭嘆：「為什麼連棉線都要欺負我。老天爺，為什麼？為什麼？你就是想逼死我吧！」

此時，黑帽男子嘴角露出笑容，隨即從腰間拿出了一道紅絲帶，往房樑上一拋，弄了一個繩圈，並招手示意姚娘上吊。

「哎呀！慘了！」某君看懂了情況。姚娘根本看不見這個來找替身的吊死鬼。某君情急智生，大喊：「有賊啊！有賊啊！」這一招「賊喊捉賊」果然有效，叫醒了姚娘的神志。

姚娘回過神來，看到牆壁上有一個隱隱約約的黑影，下意識拿起熱水澆上去，只見那黑帽男子遇水後，面容輪廓更加清晰，眼耳口鼻像被水溶化一般，沿著熱水流下，流成了血水來。

叮叮噹噹、叮叮噹噹、叮叮噹噹、叮叮噹噹……

門外傳來了叮噹聲響。某君往聲音一看，看見兩個小鬼抬著一副棺木進門，「請讓開！請讓開！我們來收屍的」。

「來收我屍嗎？」姚娘哭道。

「屁！」其中一個小鬼說。「收你什麼的屍？你活生生的。」

「對啊。好好活著的，怎會覺得自己要死了呢？莫名其妙。」另一個小鬼道。

「但……但你們要收誰的屍呢？」

「他啊！」兩個小鬼齊聲指著黑帽男的身影說道。

「他？他不是鬼嗎？」

「是啊！此鬼為陽氣所沖，魂魄破裂，救不了，救不了。」說罷，兩個小鬼像捲起紙張一樣，捲起了黑帽男的鬼影，放入棺木。

「鬼也會死嗎？」姚娘問。同時，當時的我也問韓叔說。

「這就是關鍵！」韓叔抓了一抓我的後頸。「原來，鬼也會死。死後，鬼會成了所謂的聻。」

「聻？」

「聻，即死鬼。人死了成鬼，鬼死了成聻。看來，聻死了，還會成為個什麼來。你說，這是多麼無謂呢！沒所謂生命，沒所謂道理。沒所謂，沒所謂，都沒所謂。」韓叔說。

故事說到這裡，我抬頭看見當晚的月圓。當時的我，年紀還小，還真聽不懂韓叔的故事，但也真的沒所謂，反正每到月圓之夜，韓叔的人或鬼或聻或所謂什麼，還是會來看一看我，跟我說故事。

＊如有雷同，實屬與清代《咫聞錄》卷七〈鬼死〉的故事巧合。

18

◉ 盜賊與街童

什麼是故事？我曾經在一本書上讀到一位文學家解釋什麼是故事，他說「國王死了，然後王后也死了」是一個事件，是一個依照時間順序的事件，而「國王死了，王后因為傷心而死了」是一個故事，是一個有因果、有情節的故事。

我讀不明白他的解釋，或許這就是文學家的偉大。對我來說，「國王死了，王后也死了」更像一個故事。

我喜歡聽故事的習慣，從小時候爺爺跟我說睡前故事而來。在十歲之前，我都跟著爺爺嫲嫲在南部生活。白天，我跟他們到農地裡工作。黃昏，我們一起回家準備晚餐。晚上，嫲嫲會倒一小杯威士忌給爺爺，然後倒一小杯牛奶給我。我們三個人坐在客廳，聽爺爺說故事。故事說畢，我們就回房間休息。

爺爺喜歡說兩個類型的故事，一類是童話，尤其格林童話。〈鐵箍亨利〉、〈傻瓜離家出走學顫抖〉、〈灰姑娘〉、〈小紅帽〉、〈魔鬼頭上的三根金髮〉等等的故事，我聽到倒背如流，但又喜歡聽爺爺重複的說下去，樂此不疲，再加上爺爺喜歡說原版的童話故事，每說到血腥、詭秘的情節，他更愛加鹽加醋，直至嫲嫲喝止方休，令我更喜歡聽故事。

另一類爺爺喜歡說的故事是冒險故事，例如中世紀的騎士文學，中間夾雜打鬥、魔幻的元素。我尤其喜歡聽爺爺說騎士大戰巨龍的情節。爺爺也喜歡說出海冒險的故事，這些故事的來歷都不可考，但聽著爺爺娓娓道來，總是教我有一種親歷其境的想像。

有次，我跟爺爺說：「爺爺，我想聽你的故事。」

「我不是天天在說故事嗎？」爺爺的一頭白髮正好與他背後的燭光重疊。

「我是說，你的故事，不是你說的故事。」

「我的故事？很簡單啊！」爺爺笑著說。「有一天，我，有了你嫲嫲，然後幸福快樂的生活下去。這故事還有續集。後來，我和嫲嫲有了一個可愛的孫兒，然後加倍幸福快樂的生活下去。」

「我不是要這些啊！」我鬧著說。「我要好聽的故事，例如你跟嫲嫲是怎樣認識的呢？」

到了現在，我還記得當時爺爺聽到這問題之後的一張臉，那一張臉充滿慈愛、滿足、喜樂。爺爺望一望嫲嫲，嫲嫲以笑回應，然後他握著了嫲嫲的手，跟我說了一個故事，一個盜賊與街童的故事。

⌘

在很久很久以前，曾經有一個盜賊打算打劫一間麵包店。為什麼是麵包店？因為肉店有刀，盜賊沒有打劫肉店的膽量。盜賊也沒有要打劫金店，因為盜賊想打劫，不是求財，只是求溫飽。他與妹妹有數天沒有任何東西下肚，他才決定成為盜賊。

盜賊在麵包店的對面街觀察了數天，記下了麵包出爐的時間、店員最忙碌的時段，也想好了衝入門口的角度、搶哪個架子上的麵包，以及逃走的路線。有一日，盜賊終於找來了一塊破布蒙著臉，在街角等待，直至預期的時間到了，他便衝到店內搶了一條法國麵包，拔腿便走。

豈料在這不早不晚的時間，街上出現了一名平常沒有出場的警察。警察迎面而來，盜賊被迫往後跑，但當盜賊往後跑，則與正在追趕他的麵包店員撞個正面。盜賊無可奈何，惟有轉入小巷，打算找逃生之路。

當盜賊轉入小巷，卻見到一名女街童。女街童對著他微笑，彷彿在此等候多時一般。「你看什麼！有什麼好看的。」盜賊罵了一句。女街童笑說：「後面沒有路的，你躲在我的長裙底，我們大大方方走出去吧！」

「我才不要轉入你的裙底。」盜賊說。

女孩笑說：「但你沒有時間考慮了。三、二……」在未數到一的時候，盜賊已經轉入了街童的裙裡。然後，他們大大方方的走回大街。

⌘

「從此，盜賊與女街童便幸福快樂的生活下去。」爺爺說。

「什麼！」我投訴說。「盜賊與街童不都是壞人嗎？他們怎可以幸福快樂的生活下去呢？何況，何況我要聽你與嫲嫲的故事呢！」

「哈哈哈哈……」爺爺笑說。「時候到了，壞人也可以是好人，好人便可以幸福快樂的生活下去。」說罷，爺爺抱起了我回到床上去。現在回想，相對於盜賊與街童的故事，爺爺與嫲嫲的故事更加精彩。爺爺與嫲嫲的故事又是怎樣的？有一天，爺爺有了嫲嫲，然後他們幸福快樂的生活下去了。

*如有雷同，實屬與一七一九年的「巴黎—路易斯安那州互惠實驗計劃」巧合。當年，法國巴黎政府無罪釋放男性囚犯，條件是他們要答應娶下一名女街童（大部分是性工作者），之後囚犯與女街童便會被送到越洋的美國路易斯安那州，成為當地的新勞動力，而巴黎政府相信這計劃可以改善社容。

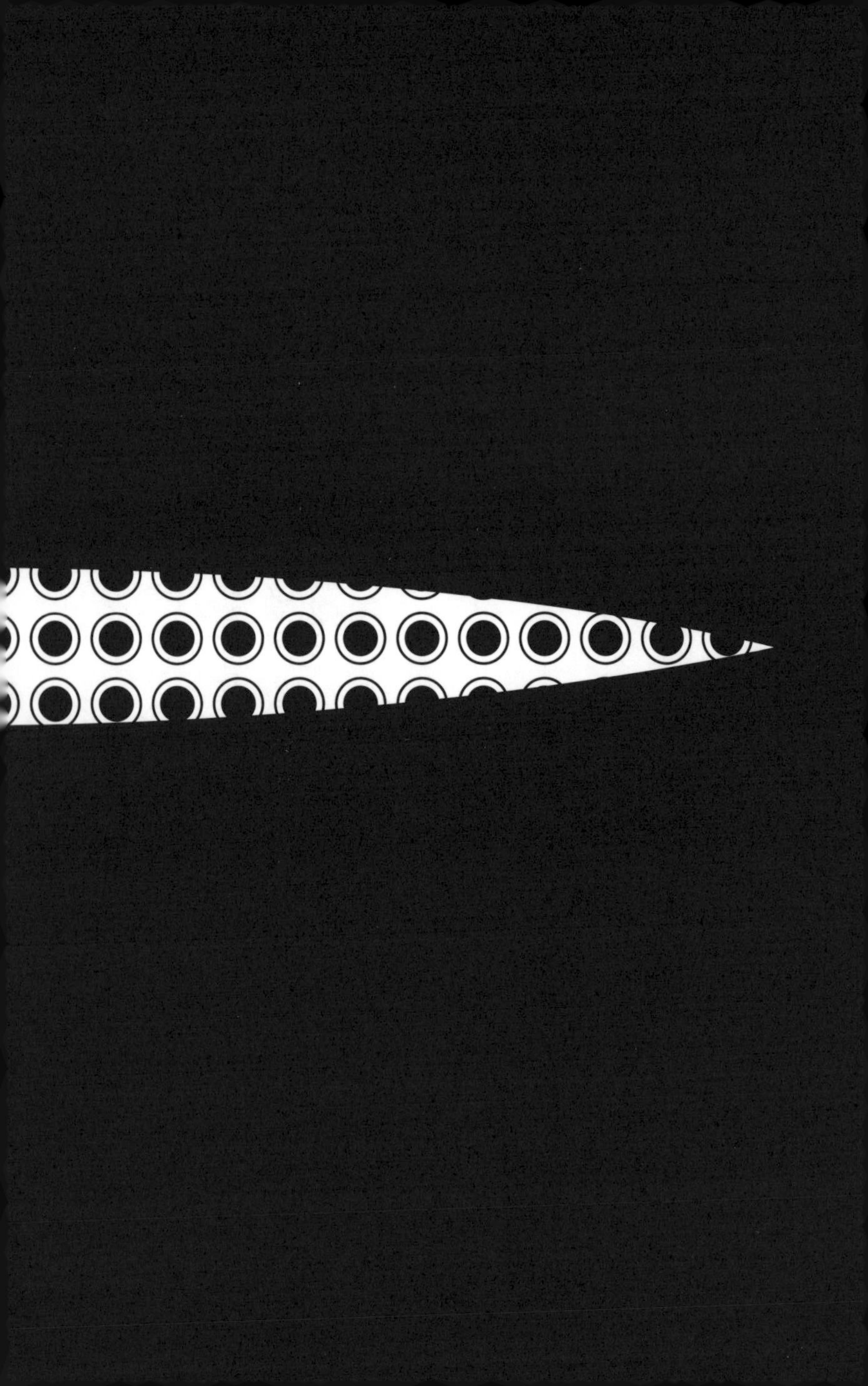

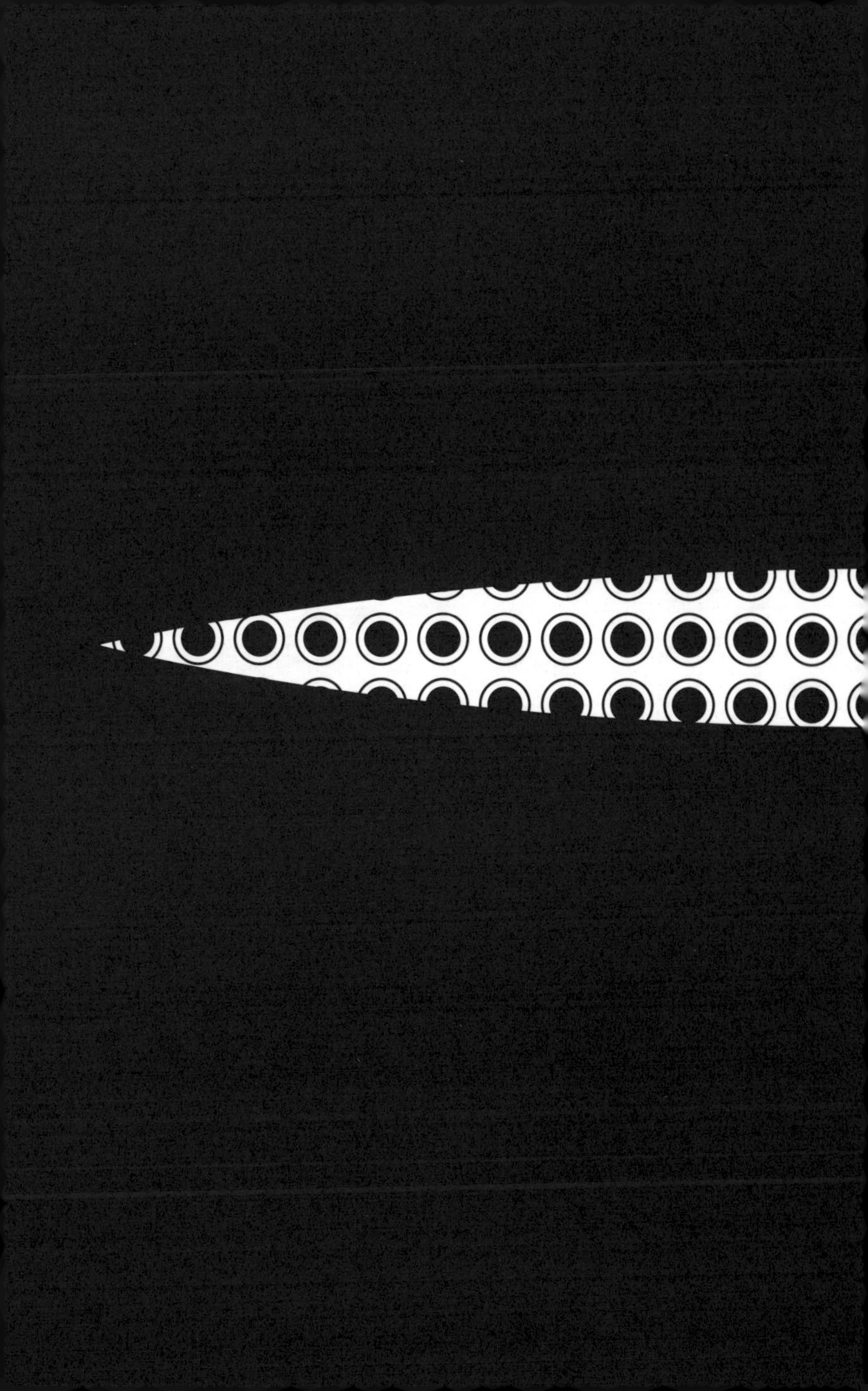

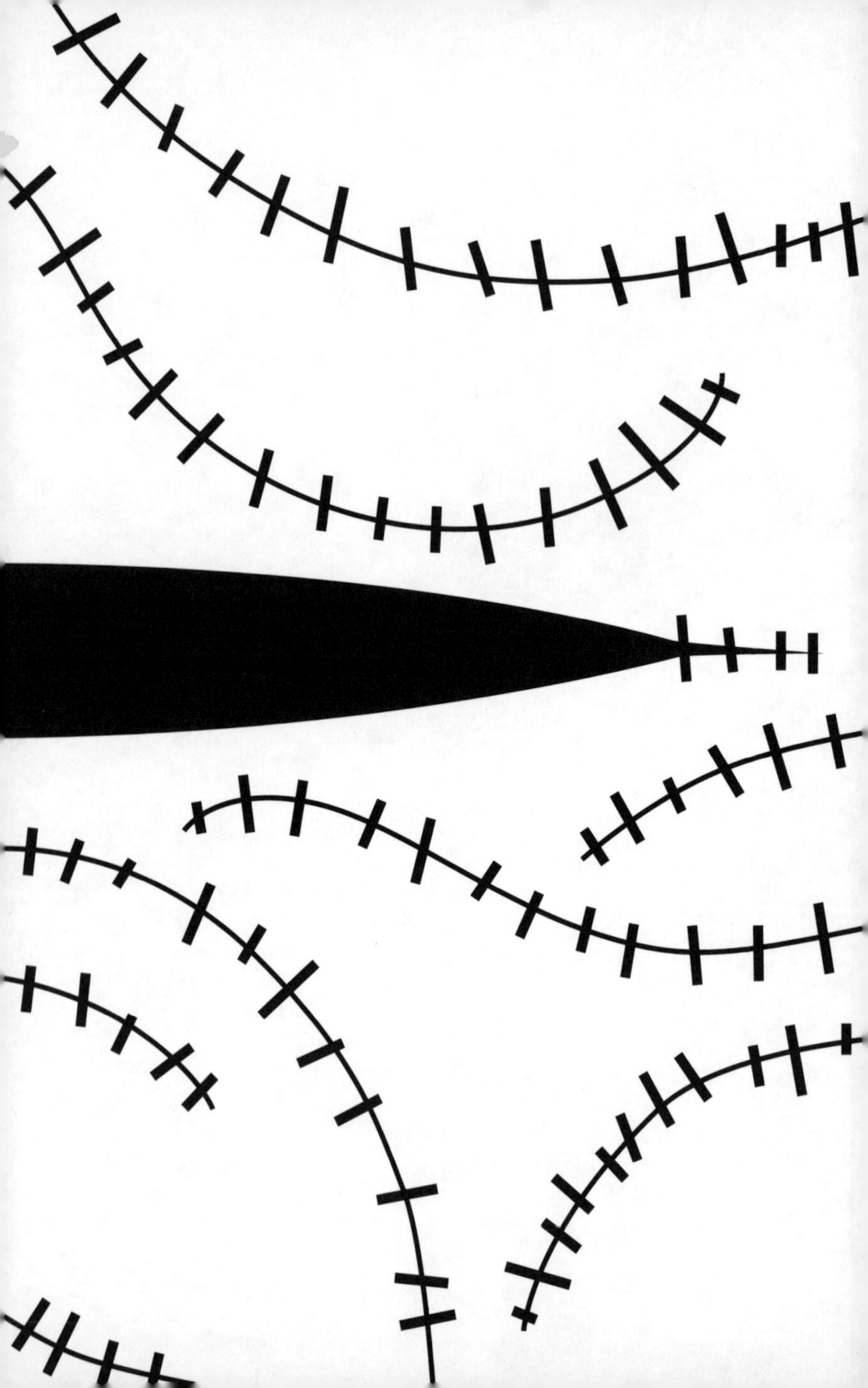

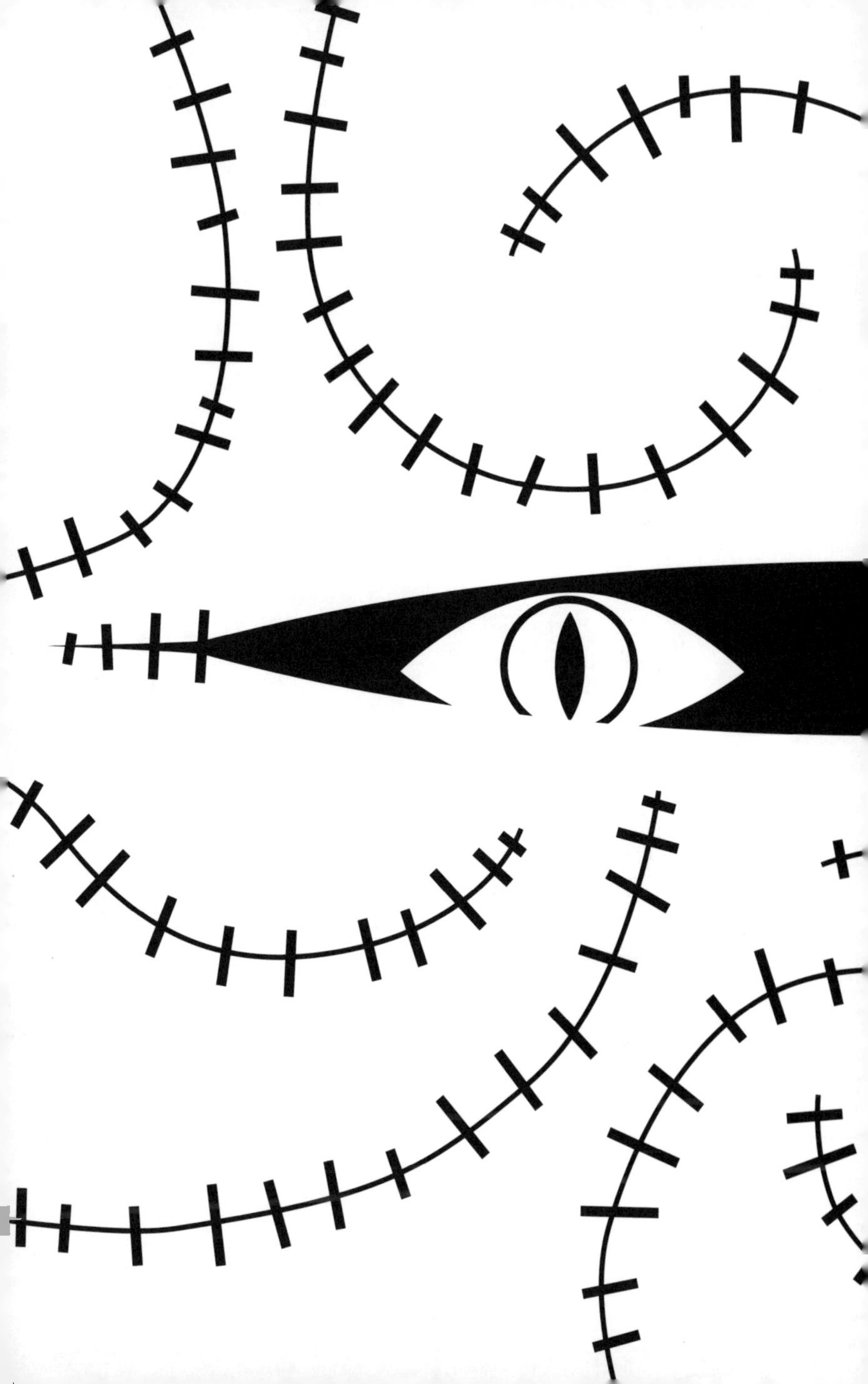

19

◉ 兔子家

有一個問題，我確實詢問過我所有的朋友，是所有的朋友：「你童年時有羨慕過別人的家庭嗎？」所有人的回答一致：有。如果你的答案是「沒有」，我只能夠恭喜你，也恭喜你不是我的朋友。

大家都會羨慕別人的家庭，但羨慕的原因各有不同，獨生子女羨慕有兄弟姊妹的人可以分擔家務，有兄弟姊妹的人羨慕獨生子女可以獨享父母的田產，無父無母的人羨慕別人的一家齊整，父母同在的人羨慕別人的人生更自由。我也有羨慕過別人的家庭，因為那一個家庭有很多很多的兔子。我姑且稱之謂「兔子家」。

在我成長的G鎮裡，每個小孩都知道兔子家。兔子家住了兔子夫人與丈夫，以及無數的兔子，有短毛垂耳兔、長毛垂耳兔、獅子兔、侏儒兔、說不出分類的野兔，等等等等，簡直就是一個兔子的世外桃源。兔子夫人既喜愛兔子，又喜愛孩子，於是兔子家常常有不同的孩子來玩兔子。

途人經過兔子家，都會聽到孩子們歡樂的笑聲，而從窗戶望進去，就是一片和諧的景象。而我跟你一樣，都會想：世上哪有這麼美滿的家庭？兔子家一定藏有什麼黑暗的東西！兔子夫人要不是養兔子來吃，就是以兔子來誘拐孩子來吃的大魔頭。於是，我一直沒有陪其他孩子到兔子家玩耍，而是躲在對面馬路的角落遠觀這一個兔子家。

有天晚上吃飯時，我跟我爸說起，同學們都會到兔子家玩兔子，問他認不認識他們。我爸點頭說：「當然認識。他們的第一隻兔子是我送給他們的。」

我以極度懷疑的目光瞅看他，心想：你會送人家東西？從小到大，我倒沒有收過爸爸的禮物。姊姊聽到我們的對話，補充了一句：「他們家生不到孩子，所以養兔子。」

我沒有考究他們說話的真偽，但打從心底裡抗拒到兔子家玩耍。這一份抗拒的感覺相當玄妙，一方面我喜歡兔子，又羨慕兔子家總是充滿笑聲（而非充斥在我家的吵鬧聲），另一方面，我又隱約覺得兔子夫人的舉止行為有點怪異，令我不敢靠近。

我說不出這份怪異感的由來，始終一步也沒有踏入過兔子家，直至兩三年後，我終於離開了G鎮到城市讀書，並從姊姊的來信得知了一個消息：兔子夫人生出兔子來了。

一個人怎可能生出兔子來呢？

姊姊將事情說得像她親歷其境一般，彷彿她親眼看見兔子從兔子夫人的子宮走出來。姊姊說，生兔子一事，本來是兔子夫人的秘密，但當秘密中了「我只跟你說，你不要跟別人說」的詛咒後，便成為口耳相傳的所謂秘密。

事實上，兔子夫人一開始也不真的是生出了一隻完整的兔子，而是難產，排出了一些有毛髮的肉塊。醫生檢驗後，發現那是動物的肉，非人的肉。後來，兔子夫人終於生出了第一隻兔子，成為了G鎮的佳話。

那一年間，姊姊的來信只有兩三行跟我交代老家的狀況，大概是「我很好，爸爸的腳還在痛，祖母說她快要死了」，然後便會突兀轉到兔子夫人的話題，跟我報告她生了多少胎兔子。

我從來沒有追問兔子夫人的事，但姊姊卻在每一封信跟我跟進兔子的事。我覺得這都是胡扯，是鄉下人不求甚解的流言，但有次，姊姊將信連同一份剪報寄給我。鎮上的報紙訪問了醫生，醫生證實兔子夫人生了第十胎的兔子。

在G鎮的一間充滿歡樂聲的屋裡，住了一個可以生出兔子來的主人？這真是一件可怕的事，但同時，我又好想成為那個家庭的其中一員。我甚至想過：我不介意成為兔子夫人的一隻兔子。我在羨慕什麼呢？無論如何，我斷定這一切荒謬的事，都只是鄉下人的無知。

然而，兔子夫人生兔子的消息，不久後傳遍全國，以至城市裡的報紙也有報導，引用了多名醫生的報告，證明此事屬實。事件更吸引了皇室的關注，並邀請兔子夫人與她的兔子入宮。

我沒有理由懷疑報紙的調查，更沒有資格質疑醫生的專業。我只好承認這的確不是姊姊與村民虛構的故事，而是千真萬確的怪事。這都是事實，但從此，我再沒有告訴任何人關於家鄉的任何事，甚至不會說我來自G鎮。

＊如有雷同，實屬與瑪麗·托福（Mary Toft）的故事巧合。一七二六年，一名叫瑪麗·托福的女子聲稱自己生出兔子的事件。其後，她被發現所謂生育兔子是她將小兔塞入自己陰道的騙局。

20

魔法記事板

我現在有一份好工作，沒理由抑鬱傷心了。我不必去吃人家剩下的菜，不必等待父親朋友們的接濟，我可以和哥哥一起重拾童年時豐衣足食的快樂時光。現在，我有一份好工作，這都是哥哥賜予我的。

哥哥比我大八歲，我們的父親當官，又有品味，讓我們過著無憂無慮的美好生活。父親請了各式各樣的老師來教導我們林林總總的事情，讀書寫字、發音、騎馬、劍擊、聲樂。

我還記得那一位教授禮儀的老師，一身長裙，一頭長髮，每一次她以晶瑩剔透的手指指導我如何使用刀叉時，言語間都會傳來她的髮香。那一種微妙的感覺，至今難忘，我們有機會再談。

當時，我和哥哥還是小孩，同住在一間睡房。在我們的床頭之間，放了一塊「魔法記事板」。這本來是教我們認字的板子，後來我發現它有魔力：只要在板上寫下想要的事情，魔法記事板就會讓我如願。

舉例，只要我在出門前寫下「下午真的想吃糕點」，回家之後就會在餐桌上看到。不過，魔法記事板間中也會出錯。有次，我不知道在晚上聽了什麼樣的冒險故事，便在板上寫下「我要一隻疾馳的白馬」。翌日，我上課去了。那一天，我每一堂課都心不在焉，想著白馬正在家裡等我。

回家時，魔法真的發生了！白馬就在家門口等我。我遠遠的看見小小的白馬，心跳加速的走向牠，但白馬卻沒有因為距離拉近而變大。走近之後，我發現牠是小馬，腿粗毛厚，只有約一米高。此時，父親從大門走了出來，說道：「哈哈哈哈，幸好來了一隻小馬，否則你這個九歲小孩，怎樣駕馭一頭高頭大馬呢！」

喔，這個魔法記事板，真多事。

在那一次白馬事件之後，父親提醒我們不要隨便用記事板的魔法。哥哥不以為意，反正他從來沒有怎樣用魔法板，而我卻有點悶悶不樂，覺得父親總是太過嚴格。魔法記事板本身都沒有投訴我，父親大人憑什麼投訴呢？

有一天，我與哥哥在屋內玩球嬉戲，我不小心扔球摔破了一個瓶子。父親知道後，罵了我們一頓，還要我們在屋外罰站了一個下午。我生氣了，覺得父親太過分。我只是一不小心，居然被罰了一個下午，還讓我連累了哥哥一同受罰。我太生氣了，便在板上寫下：我不要父親。

父親就這樣死了，突然急病死了。我還記得父親逝去的那一晚，我躲在被窩中偷偷地哭，一邊哭，一邊向上帝告解，請祂原諒我殺了父親。我嘴裡嘟囔，不敢讓任何人聽到，尤其怕哥哥知道我幹了壞事。

之後，上帝的懲罰來了。我再一次連累了哥哥。父親死後，我們的家財、僕人，在一夜之間莫名其妙的被奪去。各樣的人都來討債，哥哥與我最後只好逃到街上賺錢。

我們可以怎樣賺錢呢？哥哥說：「你可以唱歌！」

對了，我可以唱歌。我曾經學聲樂，老師還稱讚我有不可多得的嗓子。哥哥帶我探訪城中的名師，希望他們可以收留我當弟子。可是，他們都嫌我年紀不小，快要進入青春期，說我太遲起步。

哥哥與我白忙了一個月，誰都不願意收留我。那一天下著大雨，哥哥與我走在街上。我悲從中來，在雨中唱起歌來。我的歌聲真的有這麼差嗎？真的沒有任何一個老師願意收留我嗎？我一邊想著，一邊高唱，竟然在雨中吸引了一班途人圍著我，聽我唱歌。

我知道，我不可以放棄。我可以的。

回到家，我在床下找出那一塊可惡的魔法記事板。我對著它說道：你太可惡了。父親是我害的，但是你殺的。你欠了我一個父親。現在，我要你償還。

我在板上寫下了我的願望，然後便睡覺去了。那一晚，我發了一場高燒。迷糊之間，哥哥給我服下了藥湯。我在發燒與惡夢中昏睡了幾天，夢見父親、會走路的琴鍵、白馬、哥哥，還有那一位教我禮儀的老師，而當我每一次快要觸碰到她的秀髮時，我的下腹都會一痛。

幾天之後，我終於在痛楚中醒過來，而魔法也發生了。哥哥第一時間跟我說：「我給你找到了一位享負盛名的老師了。」我抱著哥哥，喜極而泣，身體每一下抽動，都帶來兩腿之間的一陣劇痛。但，我知道，這都是值得的。

我淚眼向魔法記事板望去，板上仍然寫有我的願望：「我要有一份好工作，我要成為一位演唱家。」從此，我成為了一名閹伶。

＊如有雷同，實屬與十八世紀意大利著名閹伶法里內利（Farinelli）的故事巧合。當時，歐洲流行閹伶，即要男歌手在童年時接受閹割手術，而去勢的目的是為了讓他們保持青春期變聲前的嗓聲。傳說，法里內利的哥哥親自給法里內利去勢，並聲稱這是一次墜馬的意外所致。

21

睡

房間內一片漆黑，有那麼的半晌我以為自己入睡了。如果你也是長期失眠的人，你便會知道在累透了而沒法休息不知多少天的一個晚上，你的意識總有一時半刻流連在半夢半醒的矇矓，分辨不清自己是睡著了，還是沒有睡，直至你聽到任何微弱的聲音。那聲響是木頭與木頭磨擦而來的吱嘎聲。

吱嘎的聲音從何而來的呢？我的眼睛是打開的，但控制不到眼簾。我想起床，卻動不了身體。我用意識從頭到腳感受一次自己的身體，動不了，但我感受到溫度，感受到被子外腳掌的寒冷。我再意識一下自己的鼻子，我還有呼吸。

這是怎樣一回事呢？我在睡覺時死去了嗎？還是我的身體終於睡著了，但意識還在失眠？吱嘎的聲音停止了。然後，我聞到一陣酒香。

有個聲音：「你醒了嗎？」

誰？我問道，但嘴唇未動，叫聲都留在喉嚨裡。我用力以意志喚醒我的嘴唇，但它就是絲毫未動。

「你睡醒了嗎？」聲音又說。

這聲音究竟是從房間哪一角傳來的呢？聲音繼續念著同一個問題。我仔細聆聽聲音的來源。他在跟我說話嗎？他在這伸手不見五指的房間裡看到我嗎？

不，他不可能看見我，因為他的聲音是從床底下傳出，爬過我的肩膊，直接傳入我的腦後。我一定是在發夢。我在睡前做了什麼？我晚禱，禱告後便上床去了。明天也是要早起的一天。

有人抓住了腳掌。我嚇了一嚇，想尖叫出來，卻擠不出一個哼聲。

「腳掌有點冷吧？要給你生火嗎？」

究竟，誰在說話呢？

「你終於聽到我說話了？你，終於害怕了。當你害怕時，才會聽到我的聲音。」聲音說。

上帝啊，我明白了。這是魔鬼的聲音。

「為什麼你要假設我是來加害你呢？」

為什麼你要阻止我睡覺？這數十年來，每晚在我快要入睡時，就會聽到林林總總古怪的聲音，蟾蜍聲、嬰兒叫聲、金屬敲擊的聲音、不知道從哪裡傳來的高音歌聲。這全是你裝神弄鬼擾我入睡吧！

「那麼，為什麼我要干擾你進睡呢？」

你想令我疲倦，想我在日間沒有力氣好好工作。你知道有多少人在排隊等候跟我告解嗎？你知道我每天工作十多個小時要花費多少力氣嗎！

「閉嘴！」他喝止了我。

接著是一道刺耳的聲音，桌上的燭火隨即亮起。我見到一道黑影從我的床下爬上牆壁。我想闔上眼皮，卻控制不了。黑影從牆上爬到床尾，然後整張臉傾身看我，擋住了背後的燭光。

我正視著黑影，我承認，我心裡發毛。

「你光明正大，又害怕什麼呢？」

我沒有害怕，我跟自己說。我不害怕你。可惡！我就是想罵出來，以神之名罵走這魔鬼，但偏偏嘴唇動也不動。我真的不是在做夢嗎？如果是在做夢的話，我至少是在睡覺。我只是想睡覺，為什麼就不能讓我好好睡呢？

「對啊！如果你所做的事是對的，你的神怎可能不讓你好好進睡呢？」

你一定是魔鬼！對，他一定是魔鬼。這一定是夢，神是不會讓這事發生的。這也可能是幻覺，這一定是因為我失眠太久而來的幻覺。慘了，我可怎樣證明自己身在幻覺呢？我怎樣做才可從幻覺裡醒過來呢？慘了，魔鬼都在聆聽著我在想什麼，我可以怎樣不被他偷聽而思考？

「不是這樣的。你先聽我說吧！」

我不聽，我不聽。

「你聽我說！那些罪人排隊來告解，只是來消費你的仁慈。他們知道，只有你才會在告解後減輕他們的懲罰，又赦免他們的罪。他們在消費你！」

我以神之名為他們服務。我沒有懷疑他們！我更加沒有懷疑神的恩典。你是魔鬼，你是我的心魔。心魔叫我懷疑自己侍奉是徒勞無功，叫我以為自己的勞力是白費的。

「天啊！你心知肚明你的勞力是白費心機。你天天給他們告解，他們天天犯罪。你天天禱告，禱告可以安眠，然後呢？你不是還在跟我聊天嗎？」

我沒有跟你聊天。沒有，神啊！我真的沒有跟魔鬼聊天。請你原諒我！真的，我才沒有跟他在聊天。我是在跟自己聊天，我在跟失眠的自己對話。魔鬼，你讓我動起來，我要離開這房間，我要去睡。

「你在跟誰說話？跟我嗎？還是跟自己？我沒有控制你身體啊！只有你可以控制你自己。你肯定你不是見到幻覺嗎？還是，你還在夢呢？」聲音說。

「收聲！」我大叫了出來，我是真的從喉嚨裡叫了出來。我隨即起了床，往牆壁一望，見到黑影火速地退到房門。我撲向門口，聽到他的腳步聲啾啾地走到門外去了。「你走！」我又大叫了一聲，確保我重新掌控自己的身體。接下來，我筋疲力竭的坐在房門前。

靜默。

我回望桌上的燭火，心裡想：「如果是幻覺的話，燭火是怎樣亮起來的呢？」不管了。我真的很累。我只想爬回床上進睡，再不睡的話，天快要亮了。

當我正要爬起身走到床前時，吱嘎吱嘎的聲音又出現了。這些木頭磨擦木頭的聲音是從何而來的呢？那麼微弱的聲音，我卻聽得這麼清清楚楚，這是什麼的一回事……

什麼？

在我眼前，我看見床腳與木地板接觸的四角冒起了煙。一道刺耳的聲音響起。呼的一聲，我的床燒起來了。

「你，不想你睡。」聲音又回到我耳內說道。

＊如有雷同，實屬與聖若翰・維雅納（St. John Vianney）在睡床上與撒但對抗了三十五年的故事巧合。

22

◉ 天外有仙圈

那一年，仲夏端午，趙李二人相約晚飯。

黃昏時候，趙某來到李宅，帶來了雄黃酒，說雄黃酒能殺百毒、辟百邪、制蠱毒，李某接過酒水，說道：「此酒必能制蠱，制我肚內酒蟲。」二人嘻嘻哈哈，便到客廳去了。

趙李二人，都是文藝青年。二人一聚，不為佳餚美食，只為談天說地。李某準備了粽子、燒鴨、木瓜，配以趙某帶來的雄黃酒。二人一邊吃喝，一邊聊天，提到了天地宇宙的話題。

「你覺得天地之外，還有什麼東西嗎？」趙某問。

「荀子曰：至高謂之天，至下謂之地，宇中六指謂之極。」李某答道。

「上下加四方，六指所及，謂之宇。」趙某說。「但在宇之外，還有什麼呢？」

「既然是六指所及，那還有什麼之外呢？你喝太多，糊塗起來了。」

「哈哈哈哈，是喝多了。喝多了，更要再喝。」趙某提起酒瓶，又給李某倒了一杯。

李某啜了一口酒，一不留神卻被嗆到，咳嗽不停。叩叩叩叩。此時，他們聽到了敲門聲。趙某問道：「李兄，你還約了客人？」

「沒有啊！奇怪，深夜時分，還有誰來叩門呢？」李某答道，便去開門。

門打開，只見又是一名文弱男子，顯然也是一名讀書人。原來，此訪客姓胡，住在李宅附近，久聞李某學識，故打算在端午佳節拜訪，卻在林中迷路，至深夜才到達。

不知道是酒精影響，還是讀書人本性天真，趙李二人沒有半點懷疑，便請胡某進了飯廳共膳聊天。甫一坐定，胡某說：「抱歉打擾了兩位雅興，剛才兩位正在談論什麼呢？」

「哈哈哈哈……」趙某笑說。「剛才我請教李兄，天地之外還有什麼？幸得李兄一言驚醒，才明白六指所及，就是全部。全部，沒有之外；天地，也沒有之外。妙極。」

「我想……」胡某說。「未必。」

「未必？」李某好奇。「此話何解？」

「兩位容許我講一個故事嗎？」胡某問。趙李二人點頭稱好，李某更為胡某倒了一杯酒。

「話說……」胡某啜了一口雄黃酒說道。「在很久很久以前，有一名行者。行者在夜裡遇到一名尼姑。尼姑低頭念經，反覆念誦。行者好奇，便坐到尼姑身旁。」

「難道行者起了凡心？」趙某笑道。

「也可能是尼姑起了凡心吧！」胡某笑道。「尼姑開口問行者，問他會不會念經。豈知，行者說道『我不會念字，但我能解說經義。』於是，尼姑便將經文遞給行者，請教他一個段落，豈知行者又說：『我不識字。』」

「尼姑有大怒嗎？」李某說。

「大怒，倒是沒有，只是失望說了一下行者，說他既不識字，又怎能解義。」

「但，佛理不藏於文字。」李某說。

「李兄果然有慧根！」胡某笑說。「行者答道『豈不聞道，諸佛理論不於文字？』」

「妙極，妙極。天地沒有之外，只因為『天地』二字，指不及天地之外。胡兄弟，果然高明！」趙某拍案叫絕。

「不敢不敢。」胡某說。「天外有天，只是不知道兩位是否想親眼一看。」

「天外有天？」李某又好奇了。

「天外有仙，若想見到仙人，也不過頃刻之間。」胡某說著說著，站了起來，將自己坐著的椅子疊放在桌子之上，而自己也站了上去，並向李某伸手。

李某握著胡某的手，順勢站上桌子上的椅子，問：「仙高於人，鬼也高於人，人怎樣分辨仙與鬼呢？」

「你自己看一看，便會明白。」胡某說罷，解下了腰帶，以腰帶結了一個圈，握於手中，向李某說：「李兄，這是仙圈，圈中有仙境。你來看看，親眼看一下仙境有什麼？」

李某往仙圈中望去，果然見到圈中有七彩仙氣，香煙裊裊，既有菩薩神佛，又有奇珍異獸，立刻想探頭進去看個清楚。然而，在桌下的趙某向圈中望去，只見裡面有獠牙怪物，凶神惡煞，恐怖至極。

趙某連忙大叫了一聲，嚇得李某從恍惚之中清醒過來，從繩圈掙脫出來，連人帶椅子掉到地上。桌上的食物酒水隨即落地，地上一片狼藉，亂七八糟。趙某慌忙迎上李某，只見李某頸上多了一道深深的勒痕。

二人回過神來，胡某已經不知所終。

*如有雷同，實屬與清代袁枚《子不語》卷二〈趙李二生〉的故事巧合。據說，縊鬼必須要找到生人替代，才能轉世，謂之求替。文中有關行者之說，如有雷同，又實與《祖堂集》卷十〈安國和尚〉所記的六祖故事巧合。

23

什麼也沒有加進去

我被傳道人罰站在廚房門外，已經有兩小時了。

兩小時，是我想像出來的時數，我沒有錶，也沒有時鐘，但我覺得我已經站了兩小時。這個估算是由我小腿乳酸累積的程度而來的。以我的經驗，我小腿如此的疲累，大概就是罰站了兩小時的結果。

我沒有枉費這兩小時。在這期間，我一共構想了兩個半故事。第一個故事講述一隻白毛金鬚的老鼠誘騙了一隻猴子的初吻，猴子發現被騙，便追殺白毛金鬚鼠，追到天涯海角，猴子給鼠兩個選項，一是當場被猴子咬破喉嚨，二是跳海自盡。鼠選擇了後者，跳海去了。猴子以為自己報了仇，卻忘了鼠懂得游泳。

第二個故事是一個英雄故事。有一天，我們正在上課，傳道人教授世界地理。突然，一道強光在窗外閃過。我探頭望去，看見白衣天使與暗黑撒但在半空大戰。天使一身白袍，背上有一對像天鵝一般的翅膀，撒但則一身黑色皮革，背上的翅膀像蝙蝠。祂們在空中拳來腳往，撒但稍稍佔了上風。我低頭禱告，求神賜予我力量協助天使。禱告完畢，眼見天使節節敗退，我突然感到肩胛骨有一點異樣。我隨手一揮，打算調整一下背部的骨骼，竟然就這樣生出了一對跟天使同一款式的翅膀。我立即往窗外飛去為天使助陣。

剩下的半個故事，講述我終於知道了生父的下落。當我幾經辛苦到達他的屋子時，卻發覺他已過世多年。我在他的大宅四處逛，無意間發現了一間密室。我進入密室，找到了一封父親留給我的信，以及一幅地圖。我打開信……

「為什麼你被人罰站呢？」此時，多了一個同學被罰站在我旁邊。他開口跟我說話，打斷了我的思路。

「那麼……」我說。「為什麼你被罰呢？」

「我還沒有被罰。校工叫我在這裡等，等待傳道人跟我訓話。」

「你做了什麼事情？」

「小事。我上課時睡著了。」同學說。

「小事？你以為這是小事嗎？」我煞有介事的說道。

「怎……怎麼了？難道不是小事嗎？」

我沒有回答，閉上了眼睛，靜靜的繼續罰站。我承認，我故弄玄虛是有想作弄他的成分，懲罰他打斷了我創作故事的思路，但，我說上課睡覺不是小事，也是事實。

「怎麼了？怎麼了？你告訴我吧！」同學焦急問道。

「此事是大是小，視乎你怎樣回應傳道人的提問。」

「怎麼說？」

「傳道人將會問你，『你怎麼大白天就沒精打采，是不是昨晚做了些什麼事呢？』」我刻意模仿傳道人的語氣，壓低聲線說道。「你會怎樣回答傳道人？」

「我……我會說事實吧！事實是我昨晚睡不好。」

「那你死定了！」我指著他的額頭說。「這樣答的話，你死定了。」

「為什麼？為什麼？」同學更加焦急。

「你要告訴傳道人，你昨晚一睡到天光，只是課堂太悶，所以睡著。你這樣答，才可以過關，明白嗎？」

同學半信半疑的點了點頭。突然，門後一聲巨響，大概是廚房傳來打開爐子的金屬聲。

「傳道人怎麼了？」同學問。

「應該在準備煮熟我們的材料吧！」我說。

「什麼？」

「我胡說的。你怎麼這樣容易被騙。」

「我不知道你哪一句真，哪一句假！」

「信不信由你。」

「你還沒有告訴我，為什麼你被罰呢！」同學有點兒生氣的說道。

此時，廚房門打開。傳道人走了出來，叫同學在門外多等一會。傳道人拍了一拍我的膊頭，要我獨個兒跟他進去。我跟隨他的腳步來到焗爐前，焗爐的門打開了，我的臉直接感受到它的熱力。

「你知錯了嗎？」傳道人說。

「我知錯了。」我答。

「既然你知錯，你告訴我，你錯了什麼？」

「我不應該晚上不好好入睡。」

「為什麼不好好入睡是錯呢？」傳道人又將他的雙手放到我肩膊上。

「因為晚上不睡覺，便會胡思亂想。」我重複上一次傳道人的教訓說道。

「對了！」傳道人收回了手，合十說道。「正是這樣。你太容易胡思亂想，太有想像力了。」

「有想像力不是好事嗎？」我還是有點兒不服氣。

「想像力會惹來試探，試探容易令人犯罪，犯罪當然不是好事。」

「但我沒有犯罪啊！」

「你看！你就是沒有知錯。我昨晚親眼看見你又一次摸自己的身體，你還想抵賴嗎？」

「我只是想摸一下，我……」

「閉嘴！」傳道人斥責我。「你已經不是第一次。但是，我愛你。我沒有要懲罰你，只是我總不能放任你胡思亂想那些情色的故事，害得自己犯罪。」

我不敢再作任何抗議，只見傳道人轉了轉身子，然後向我端出一盤子的曲奇。傳道人說：「選一個，吃掉吧！」

「我要吃下一塊曲奇？」

「對。」

「為什麼？」我問。

「因為這塊曲奇可以壓制你無謂的想像和慾望。」傳道人嘴角露出了笑容。

「吃了它，我就不會想摸自己？」

「對。你把它吃下就好。」

「你在裡面加了什麼？」我不禁問道。

「什麼都沒有加進去。」傳道人說。

「你什麼都沒有加進去，但它可以令我不去想像，不去摸自己？」

「總之，大概是這樣。」傳道人沒有正面回答我的追問，一手將曲奇塞入我的口裡去。我正要掙扎，腦袋裡立即跳出了一堆東西：老鼠藥、罌粟花、聖母聖子像、無花果……

＊如有雷同，實屬與傳道人葛拉罕（Sylvester Graham）發明全麥餅乾（Graham Cracker）的歷史巧合。

24

一個愚蠢而有運氣的人

在一個漆黑的房間裡，有一張有鏡子的化妝桌。桌上有一盞燈，燈前有一個老人。老人一邊化妝，一邊對著鏡子自說自話：

我認為，在這個世界上，沒有任何一個人比自己更重要。歷史與我們無關，除非那是自己的歷史。我這個普世想法不只適用於我本人，也適用於正在偷聽我心聲的你們，以及不知道為什麼而過活的任何人。因此，我算不上是一個自我中心的人。

在我正在化妝的這數分鐘時間，我決定跟你們回顧我這半生的事蹟。今日是大日子。一個大好的日子。我決定跟你們分享我悟出來的生存之道。真理，很簡單，實踐出來也容易，視乎你有沒有堅強的自我去實現真理。

我是農家子弟。小時候，沒有受過多少教育，八歲輟學後務農，之後去了學做皮革。我是怎樣成為富甲一方的大亨呢？世界上沒有不勞而獲這回事，更沒有那麼多的白手起家。大家都說我靠娶了一位有錢寡婦而致富。事實，的確如此。

草根出身、靠娶來有錢寡婦而成為富人，這都是事實，而這些事實注定要我成為別人看不起的人。這叫命。當你是別人看不起的命，你就要認命，然後去做好這一條命。每一次當我要做決定的時候，我就會告誡自己：在這時刻，一個遭人看不起的人會作出怎樣的選擇呢？久而久之，我明白到，只要你堅持作出愚蠢的選擇，無論結果是好是壞，別人就會持續地看不起你，簡單非常。

我人生第一個愚蠢的選擇發生於戰爭末期。當時，貨幣成為了一文不值的廢紙，近乎可以當作柴火之用。一個遭人看不起的人會作出怎樣的選擇呢？我果斷跟大家收購貨幣。大量的貨幣！我真的以柴木去換來貨幣。世界上有這樣愚蠢的選擇嗎？大家笑我愚蠢，證實了我是徹頭徹尾的一個吃軟飯而不中用的人。戰爭後，政府以遠高於柴木成本的價錢回收貨幣，我賺了大錢，並造了兩艘船，開始了我通往群島的出入口生意。

從此，大家說我是一個愚蠢而有運氣的人。出入口生意是一個激烈而新鮮的市場。有次，一個聰明的律師建議我購入本地滯銷的暖床器，再轉賣到群島。一個遭人看不起的愚蠢而有運氣的人會作出怎樣的選擇呢？愚蠢的人不會理解群島是沒有冬天的，愚蠢的人不會知道熱帶地方的人不需要暖床。既然我是愚蠢的人，我便大手購入了這些低質量的便宜暖床器。

我的船隊將暖床器當作工廠用的勺子賣給了群島的製糖坊，我又幸運地賺了一筆錢。後來，我才知道那名律師是我的競爭對手派來的，他試圖以此計令我破產。

我就是這樣的一名愚蠢而有運氣的人，既不缺愚蠢，也不缺運氣。我曾經聽信讒言，將煤炭運到紐城去賣，而紐城本身就是出煤的！那就是將魚賣給漁民、將蘋果賣到蘋果園的道理。幸好，紐城的煤炭工人突然罷工，我運到的煤炭成為了及時雨。我又大賺了一筆。你問，誰促使煤炭工人罷工？愚蠢的人如我，怎會知道呢？

愚蠢的人不知道的事可多了！愚蠢的人不知道世界上竟然有人不認識耶穌是誰，於是我將聖經運到一個相信大蛇是神的島上去，島民不知道什麼是聖經，但經過該島往東方的傳教士卻將聖經搶購一空。我又賺了一筆。

愚蠢的人不知道島民沒有養貓作寵物的習慣，於是我將流浪貓出口到島上，剛好幫忙解決了島上的鼠患。我又賺了一筆。後來，愚蠢的人遭到惡作劇，大量囤積了一堆鯨骨。鯨骨有屁用嗎？我將鯨骨以緊身胸衣的方式出售。沒有多少女人真心愛我，但都十分愛我賣的鯨骨，我又賺了一筆。

一個愚蠢而有運氣的人，如是者賺了一筆又一筆的錢，卻始終沒有賺來絲毫別人的尊重。在這些高貴而聰明的人眼中，愚蠢的人只是靠運氣。正如我說，這是命，這是我的命。我是一個愚蠢而有運氣的人。當我夠老了，我便可以成為一名瘋子。大家並不會懷疑愚蠢的人怎樣成為了瘋子，他們覺得愚蠢的人成為了瘋子是理所當然的事，而瘋子作出瘋狂的行為也是理所當然的。

我的妝差不多化好了，我的故事尚且說到這裡。大家看一看鏡中的我，看我像誰？像誰，都可以，只要不像我本人就可以。因為我接著就要去出席自己的葬禮。我的葬禮？對，我的葬禮。我假死了。瘋子終於死了，然後他們幫我弄了一場葬禮。

現在，我就要出發去親眼看一看，看誰會在我的葬禮上笑，或哭，或跳舞。

＊如有雷同，實屬與美國商人德克斯特（Timothy Dexter）的事蹟巧合。在一八〇二年，德克斯特出版著作《知識分子的酸瓜或穿著樸素連衣裙的簡單真理》。

25

有古怪的書

「你一定想不到我今天讀了怎樣的一本怪書！」

這數月來，父親每天從圖書館回來，都對我炫耀自己讀了一本怎樣的奇書、怪書、珍藏書。自從他從保險公司要員的崗位退下來之後，養成了每天到圖書館的習慣。

「像你這樣年輕的時候，我是文藝青年。我曾經以筆名投稿小說到雜誌，最後還有刊出呢！只是為了生計，輾轉到了保險公司工作，就這樣過了數十年。現在，我可以奪回我的青春，重回文藝世界，每天逛一逛圖書館。」

父親朝九晚五到圖書館，然後不知從哪時起，每天回來跟我報告一次讀了什麼奇怪的書。

「經典書、暢銷書，可以在書店找，只有在圖書館才能遇到怪書、奇書、好玩的書。」父親讀過的怪書，全是不能外借的書籍，包括中世紀的一本如何處理牛隻屍體的指南、四世紀時遠東的兵法書、瑪利亞福音、關於人死後如何冥想的書、以楔形文字寫成的食譜⋯⋯

「父親，你懂得看楔形文字嗎？」

「怎可能會？」

「那你讀來，為了什麼？」

「翻一翻，摸一摸，也是樂趣。」父親說。

有次，父親又如常地回來介紹當天讀過的怪書。「是嗎？是怎樣的書呢？」我如常地機械式的回應。父親甩了甩頭，若有所思，然後說道：「在十九世紀初，有一個攔路強盜出沒，他的名字是艾倫。他是一個在街頭長大的孤兒，從小偷呃拐騙，在十五歲時因為偷了一匹布而入獄。出獄後，他正式成為一名攔路強盜。」

「這是你今天讀到的？」我問。

「你耐性一點。這一匹布的長。我慢慢說。」父親去廚房倒了一杯水，續說：「總之，他是一名攔路強盜。後來，他在收費公路搶了一輛車……」

「十九世紀初，有收費公路的嗎？」

「有吧！你先讓我把故事說完。」父親說。「總之，他搶了一輛車，然後以手槍指嚇車主。豈料車主不服，竟然跟他大打起來。在爭奪之間，他射傷了車主的手臂，然後搶了車主的馬走了。」

「搶馬？不是搶車嗎？」

父親沒有理會我的提問，說：「後來，強盜還是被警察抓到了，被判到監獄去做二十年的勞動。在獄中，他患上肺病，半死不活，又試圖自殺，卻沒有死去。終於，他在一個人的鼓勵下，決定將自己的事蹟寫成一本書，勸勉年輕人不要像他一般踏上歪路。你猜到是誰鼓勵了他嗎？」

「這重要嗎？」

「那人就是當日的那一名車主。那一名被他槍傷的車主，居然去探望他，還幫助他完成了這本自傳。你說是不是奇怪非常？」

「還好吧。」

「還好？」父親把水杯放回碟子，發出咖噹一聲的清脆聲。「是這樣的。最怪的事是這樣的。這是一本人皮書，它是以強盜的皮膚造成的！」

「人皮書？在圖書館裡？」

「這本書記錄了強盜的人生，還以他的皮膚造成。它是一本灰白色的書，摸起來很軟。書的封面印有一個黑底金字的標籤，寫著『本書是以華頓的皮膚裝訂』。」

「華頓？」我問。「不是艾倫嗎？父親，你剛才說，強盜的名字是艾倫。」

「喔，華頓是艾倫的筆名。總之，今天讀了這樣的一本怪書。你萬萬想不到吧！」說罷，父親回去睡房。

我沒有再追問那一本人皮書的細節，反而忽發奇想：父親每天回來報告的怪書是否都是謊言呢？如果是這樣的話，父親為什麼要說謊？難道他每天出門，不是去圖書館？他到哪兒去了？

翌日，我決定跟蹤父親一天。早上，我跟隨他出門，在遠處看著他，跟著他的步伐穿過小區和公園，看見他的確步入了圖書館。兩小時後，父親步出圖書館，身上沒有帶任何一本書，輕快地走到了圖書館對面街的大樓門口。

父親在大樓下等了兩三分鐘。接著，我看見一名有著寬闊前額的妙齡少女從樓上而來，為父親打開了大樓大閘，迎了父親進去。這時，我也決定轉身回家，期待父親回來說怎樣的人皮書的故事。

＊如有雷同，實屬與詹姆斯・艾倫（James Allen）所製的人皮書巧合。那書現藏於美國波士頓市波士頓圖書館。

26

◉ 愛之遺囑

人類的文明史，就是契約的歷史。據說，當初文字的發明是為了記錄某某答應了捐多少頭牛隻到廟宇、某某與某某又約定了以多少個奴隸來換取多少架車。後來，人類有了婚姻的約、土地的約、買賣的約，諸如此類，也有了我這一類負責做約的專業人士，即律師。

可悲的男人，總有幾個當律師的朋友。有次，可悲的男人跟律師朋友說：「因為你做的約，我被困在婚姻裡，萬劫不復。」律師解釋：「那是教會與社會約束你，跟我這個卑微的工具人無關。」看到可悲男人困擾的樣子，一位律師有了主意，提出以另一份約來報仇。

「怎樣的一份約？」可悲男人問。

「死人的約！」律師說。

「死人？」

「遺囑。一份關於你死後財產分配的約。」

「所以……」

「我幫你寫一份遺囑，指明你會在死後將所有財產捐作慈善用途。如果令夫人知道了的話，她會怎樣呢？」

「她會殺了我！」

「她不會。因為你已經死了，而你的遺產將要捐出去。」

「所以……」可悲男子猶豫。

「所以，你要讓她知道有這樣的一份遺囑。她將會一百八十度改變對你的態度，不會再在你求愛時喝止你，不會像命令寵物一般責罵你。你們會回到戀愛初時的甜蜜，如膠似漆，直至你回心轉意，重寫你的遺囑。」

「那我應該什麼時候重寫我的遺囑呢？」

「死也不要。」律師堅定的說。

傳說，不少基金、信託、慈善機構，以及一堆一夜致富的律師，就是因為以上這一段對話而在歷史上相繼出現。這是否史實？不可考，但這傳說輾轉流入我一位詩人朋友的耳朵。

詩人朋友對我說：「以遺囑影響生命，尚算是一件浪漫的事。我也想寫一份遺囑，你看怎麼樣？」

「你呀！想清楚了沒有？幸福是勉強不來的，以威脅來改善關係，怎可能成功？你就不要相信那些騙人的……」

「騙什麼？才沒有。我想到的遺囑，跟你想的不一樣。我要寫下一份讓妻子完完全全感受到愛的遺囑。我決定，我要將所有的財產，包括物業、現金、珠寶、作品的版稅，通通在我死後給予我的妻子。你幫我草擬一份吧！」

我茫然問道：「你不是一直埋怨妻子嗎？說她在婚後判若兩人，既不欣賞你的詩作，又待你像主人勞役牲畜一般。為什麼你反而要將所有財產留給她呢？難道你以為這樣寫遺囑，就會換來一些安樂的日子嗎？我想，事情並不是這樣容易的。」

「總之，你跟著我的意願草擬就好了。」詩人朋友說。

那天，我送走詩人朋友之後，花了五分鐘完成了他指定的遺囑，並放在書房的抽屜裡。兩星期後，我跟他說：「費了一些功夫，你的遺囑終於寫好了。」而在第三方見證下，咬文嚼字的他提出了一些修改、親手加了兩行細字，正式落實了遺囑的內容。

詩人的這一份「愛之遺囑」（在我刻意泄露下），不久便成為了街知巷聞的話題。大家都在討論，生活得沒有半點尊嚴的他，竟然將全副身家留給妻子。究竟他們的愛有多大呢？還是妻子下了咒？大家又討論，妻子會否因為這一份愛之遺囑，而變回一位賢良淑德溫文爾雅的太太呢？

正如我所料，詩人妻子沒有被愛之遺囑所動搖。她那一份依然故我的自信，由始至終對我的詩人朋友作出高壓式的監控管理，持續下達各式各樣的命令，榨取他最後的耐性、幽默與生命力。

最後，我的詩人朋友死了。

詩人朋友是自然死去的，沒有任何陰謀的成分。從他逝去到告別儀式，詩人妻子依然哭成淚人，直至我宣佈詩人留下來的愛之遺囑。

愛之遺囑指示，「詩人所有資產都給妻子」。但，有一個先決條件，並由詩人親手寫上：「妻子必須要再嫁，才能得到遺產。這樣才會有另一個男人嘗到我的苦，而世上至少有這樣的一個男人會嗟嘆我怎麼太早死掉了。」

＊如有雷同，實屬與德國詩人海涅（Heinrich Heine）留下的遺囑巧合。

27

一對兩條腿的青蛙

親愛的桑先生：

請容許我冒昧寫這一封信給你，也請你在此感受我的真心。對我來說，寫字比親口說話更接近我的心、更真誠。畢竟我的嘴巴早已成為了一件輕浮油滑的器官，再說不出真實的話語。

自從上一次在馬戲團碰面，你的樣貌、你的身影一直叫我念念不忘。請你容許我的大膽直接，也請你相信我的說話。

在假仁假義的世界，我早已失去了辨識真假說話的能力，我想，你也有同感吧！我唯一可以爭取你信任的方法，就是坦誠說出我對你的慾望，以及告訴你，我怎樣成為今天的我。

我的故事，在我從母親的身體出來之時，已經寫好了。在出生時，我跟一般人一樣有一個父親與一個母親，然後便一步跳到故事的中段——我沒有了父親與母親。從你的眼神，我彷彿看見跟我一樣充滿激情又異常孤獨的靈魂，我彷彿看見你有跟我類似的童年。是不是這樣呢？還是，這都是我的胡思亂想？無論如何，我可以想像到你能夠理解我的脆弱，你可以撫平我的內心。

言歸正傳。沒有父母的童年，不是一個壞童年，它使我沒有虛偽的，以最實在的方法理解人性。人性，就是自私，就是慾望。稱之謂父母的物種，花了半生的力氣教導他們的血脈一堆連他們自己都不相信的道理，然後這些父母再等待他們的下一代以半生時間在成人世界裡面領悟這些道理都是謊言，是廢話，是狗屁不通。你是不是也覺得這太可笑、太噁心了？

我沒有父母的教育，省了不少虛偽的時間。我明白如何以委屈的姿態來博取他人的同情，所以我在信中如此自信的跟你說話。我明白如何若隱若現的挑動他人的情感，所以我在此直截了當的跟你寫信。我也明白如何操弄男人的慾望，但我不願意跟你弄手段，我希望你願意跟我坦誠的對話。

從你的眼神，我看見了我們的未來。因為我知道你跟我一樣，不會怕旁人的怪異目光。我這樣寫下我的感受，真像一個狂熱的信徒，對吧？以你的才華，你肯定也有不少追求者與追隨者吧？我不會介意的，因為我也有很多的追求者。

無論如何，我只想說，從你的眼神，我知道你跟我一樣明白到，世上沒有怪人，而只有異類。當他們視我們為異類，便說我們是怪人，甚至是怪物。有人稱呼你是怪物嗎？就算有，你也肯定是最帥氣的怪物。我應該如何讓你感受到我對你的傾慕呢？如果你想的話，我可以割下我的頭髮寄給你！只要你願意的話。

無論如何，我只想說，我和你是天注定的一對，我們是天注定的同一類。當我們有了彼此，我們就可以自成一類了。你想一想，那是多麼美好的未來。

請你相信我，在一般情況下，我是得體大方的一名女士。我如此亂七八糟的寫下這封信，只因為我對你的愛是如此的澎湃紊亂。俗語說，兩條腿的青蛙難找，但三條腿的人，不是更難找嗎？請你接受我的愛吧！

愛你的小杜
上

＊如有雷同，實屬與一八六〇年代一對均長有三條腿的戀人布蘭琪．杜馬（Blanche Dumas）與胡安．巴基斯坦．多斯桑托斯（Juan Baptista dos Santos）的故事巧合。

28

我不要知道我承受不了的秘密

「我加入那俱樂部的秘密，是連妻子也不能說的。事件發生在大學升二年級的暑假。」男人以紅彤彤的面頰靠近女人說道。

這是他們的第四次約會。他們在派對認識，都以尋找長期伴侶為前提，而且剛巧有著共同興趣，包括美食、美酒，以及旅行。因為如此這般的共同嗜好，並在人海茫茫之中竟然相遇，讓他們在第一次約會時便深信：對方是命中注定的一位。

男的四十歲，是一個微胖的男人，個子高大，有一個小而圓的鼻子，說話時散發一股權威感，彷彿所有事物都可以從五千年前說起，包括他那靜音了卻訊息不斷，不斷震動的手機。女的三十歲左右，頭髮短短，身子看起來孱弱，當她與男人站在一起時，有一種芙烈達．卡蘿（Frida Kahlo）站在迪亞高．利弗拉（Diego Rivera）身旁的合襯，乃是一種錯置的合襯。

因為二人都想認真拍拖，也因為認為對方是合適的伴侶，他們小心翼翼的約會。第一次約會，他約她到了日本餐廳，沒有喝酒，飯後他送她到家樓下；第二次約會，他約她吃法國菜，在漫長的用餐時間裡，他們聊到童年、討厭的上司，以及未來孩子的名字，之後男的送她到家樓下；第三次約會，女人提出到泰國小店，男人一身西裝放工趕來，二人排隊四十五分鐘，最後點了一枝大瓶的啤酒、一打串燒、一碟血蚶，以及咖喱蟹。飯後，他再一次送她回到家樓下，二人心裡都肯定了對方的位置。

到了這一次約會，男的心裡打算飯後要送女子去到家門，而女的也有心理準備。於是，他們在一間美式意大利餐廳約會，點了一桌子女人喜歡的高卡路里食物，以及開了一枝紅酒。男人繼續主導源源不絕的話題，直至女人提議：不如我們交換秘密？

「好啊！」男人笑說。「你有殺過人嗎？」

女人愣了片刻，直至男人收起了笑臉，女人才開口：「怕了吧？人倒是沒有真的殺過，但我真的有策劃過如何殺死我的補習老師。那是初中的事情。」

二人從半開玩笑的小秘密說起，言談甚歡，加上酒精的作用，越說越深入，慢慢說到一些真的可以稱作秘密的秘密：曾經欺凌一個同學、在便利店偷薯片、親眼撞破父親跟別的女人在床上。他們像玩膽量遊戲一般，一來一回，一個秘密比一個嚴重，直至男人要說出一個他曾經發誓不能向任何人，甚至親人透露的身份。

「你也知道，我是在W大學念書的。」男人說。「一年級時，我認識了一位學長，名字叫M。M很聰明，是校內的明星，他的數學十分厲害。後來，他真的成了一位數學教授，不但是賭場的不受歡迎人士，更曾經角逐諾貝爾獎。」

「所以你的秘密是有一位著名數學家的朋友嗎？好遜呢！」女人笑說。

「且慢。現在才是秘密的開始。在夏天的某一個晚上，M要我穿上整齊的西裝、擦亮了的皮鞋，陪他去一所俱樂部。俱樂部離校園有一段距離。當晚，有一輛名車來到校園接載我們。在那時，我才知道M的家族相當顯赫。在車上，M一言不發，我也不敢多問。車開了好一陣子，直至快要下車時，M才對我說，他推薦了我加入一個俱樂部。

「我問M，那俱樂部是做什麼的呢？M說，俱樂部的真正意義，只有加入了的成員才能知道，而他唯一可以透露的，是俱樂部的成員包括五位總統。」

「你在那裡被性侵了嗎？」女人睜大了眼睛問道。

「什麼東西？你想到哪裡去了？不是所有秘密組織都是弄性派對的，至少我們的俱樂部不是。」

「那你快一點說！」

「我答應了M，而且是興奮的答應了。當時的我在想，我居然可以加入一個有五位總統，以及M作為成員的團體呢！於是，我跟隨M的腳步走入俱樂部。我們穿越了一道佈滿了傘子的走廊，傘子全都是打開了的……」

「室內打開傘子嗎？那是不祥。」

「正是，正是不祥的徵兆。之後，我們到達一個宴會廳，裡面放了十數張桌子，每一張桌子上都撒了鹽，而且叉子都是交叉放著。」

「這些都是撒但的符號。」在天主教家庭長大的女人害怕起來了。「難道是拜撒但教嗎？」

「更可怕的是……」男人續說。「每一張桌子都放了十三個座位。」

「我不要知道。我不要知道我承受不了的秘密。」女人慌張得快要哭了。

男人見狀，大笑了起來，說：「不要緊張。故作可怕的事都說完了。其實那些都是包裝。」

「包裝？」

「我們的俱樂部，絕對不是拜撒但的，我們甚至不相信有撒但，以至任何迷信的東西。俱樂部的創辦人，就是為了打破迷信的想法，而成立這個俱樂部。我們的成員刻意嘗試所有大眾稱之謂倒楣的東西，每次用餐都要環繞十三這個不祥的數字，而你猜一猜結果是怎樣？我們其中一位會長統計了，我們俱樂部會員的壽命比一般市民都長呢！而且，我們還……」

女人默默地看著男人，沒開口，等待男人說完要說完的話。男人繼續說，但也慢慢感受到空氣中的顏色轉變了。

「怎麼了？」男人說。「這是千真萬確的秘密來的。」

「謝謝你告訴我。但真的很可惜。我說了，我不要知道我承受不了的秘密，而你居然不相信有撒但。你不相信有撒但，又怎可能真心信神呢？」

＊如有雷同，實屬與一八八〇年代成立的「十三俱樂部」（The Thirteen Club）巧合。美國威廉·傅勒（William Fowler）上尉成立的「十三俱樂部」，成員包括美國歷任五位總統切斯特·阿瑟（Chester Arthur）、格羅弗·卡夫蘭（Grover Cleveland）、班捷文·夏里遜（Benjamin Harrison）、威廉·麥堅利（William McKinley）以及老羅斯福（Theodore Roosevelt）。

29

◉ 請牽好你的狗

他開著車子在高速公路的中線往西行。這一架十四年車齡的車子是叔叔換新車時讓給他的。銀色四門的房車，只有三道門可以正常打開，而當車子開到時速八十公里或以上時，控制盤的底部會發出奇怪的金屬聲音，彷彿叫人不要再加速。

他就這樣慢速開車，後座坐著波比。波比是一隻毛色黑白分明的狗兒，長得像邊境牧羊犬，但身形瘦削、體型較小，大概是邊境牧羊犬與其他犬類的混種。波比乖乖的坐著，但每當後面的車輛響號要他們的車子走回慢線時，波比都會不由自主地吠叫。

「你不要再吵了！」他一手握住方向盤，另

一隻手提著菸放在窗邊。「下車後，你死定了。」他不是開玩笑的，他從來都對波比又打又罵，除了他拾到波比的第一天。

那一天，他從大型超市步出室外停車場，打算找回車子回家時，見到車子旁的燈柱下，有一個穿著緊身黑色上衣的女子正在跟一隻狗玩耍。他走近車子與她，見到狗隻的牽繩繫著燈柱，牠戴著項圈，上面寫著「波比」。女子見到他走近，問道：「喔，這隻小狗是你的嗎？他太可愛了，你怎能夠讓牠獨個兒在這裡等的。太危險了。」

「是的。」他毫不猶豫的回答。「幸好是你在跟波比玩。否則有壞人帶走了牠，牠就慘了。」

他跟女子聊起波比的「趣事」來，那都是他以小時候跟外祖父的狗兒相處所創作的偽回憶。五分鐘後，他駕車帶了波比與女子回家。

後來，他想重施故技，嘗試在不同的停車場守株待兔，卻不果。一次又一次的白費心機，變成了一次又一次他遷怒於波比的虐打。他怪責波比不夠可愛，又怪責牠吃太多、拉太多，但無論他如何罵牠、打牠，波比都會走回他面前，做一個朝上嗅聞的動作，然後伏在他腳邊。

「真是一頭沒出息的狗。」他心裡總是想著同一句話。

冬天來了，他又被辭退。沒有工作，沒有朋友，沒有錢，他整天跟波比待在屋子裡。他坐在電視前喝酒、抽菸、看二十四小時體育頻道，就是不願意帶波比外出散步。

日子久了，波比終於忍不住在大門玄關便溺。喝醉了的他瘋了一般追打波比，逼得波比反咬了他的手腕一口。波比沒有用力的咬，傷口甚至沒有見血，卻氣得他怒火中燒。他拖拉著波比往外走去，帶牠上了車，開車往北行了十分鐘後，將波比扔在路邊，轉身便開車回家。

半小時後，波比回來了。如是者，他嘗試將波比帶到更遠的地方遺棄，從十分鐘的車程到半小時，以至最後來回兩小時的距離，無論東南西北，波比都有本事找到回家的路。

「真是一頭沒出息的狗。」他想。「為什麼你就不回頭找你的主人去呢？」

有次，波比咬壞了他堆放在沙發旁的足球雜誌。他竟然起了殺機，從廚房取了刀子來。他暴力地拉住了波比的項圈，在正要下手之際，他卻止住了。這不是因為他恢復了人性，而是他想到自己怕血。他想起了中學時的生物課，想起了自己總是躲在人群之後的窩囊樣子。

他遺棄不了波比，又下不了手殺波比。波比就這樣繼續在他的殘暴下生活，直至有一天，他打開報紙，看到一則報導，題目是「狗隻跳橋自殺，至少第三十三宗」。

內文寫道：在一八九一年，歐氏勛爵繼承了莊園，並在四年後建了一座通往莊園的橋。莊園大橋由粗面方石建成，包含三個橋拱，最大的一個橋拱橫跨於溪流之上。自一九五〇年起，平均每年都有狗隻從橋跳下，摔落在五十英尺下的深谷……

「事件成因未明，但有三個共同點。」他仔細地念著報導。「第一，自殺的狗隻都屬於長鼻犬種；第二，狗隻從同一側的橋邊躍下；第三，事發時，都是天朗氣清。」然後，他翻到報章後的天氣預報，找看濃霧消散的日子。

天朗氣清的日子到了，他駕車帶著波比往西行，波比沿途隨著其他車子的響號而叫吠，而他也隨著波比的叫吠而叫吠。好不容易，他們終於來到了目的地。

他把車子停好，以牽繩拉了波比下車，沿山路走了十分鐘，到達莊園大橋。在橋的入口，有一個引人注意的白底紅字告示，寫著「危橋！請牽好你的狗」。

他望一望告示，又抬頭看了看藍天白雲，懷著將要解脫的好心情往前走去。他們甫步入橋面，波比立即興奮起來，走到前頭，以項圈牽繩拉著他向前。到了橋中央，波比停了下來，橋上面只有他們兩個。波比望著他，他也望著波比，期待牠的異常舉動。

當波比與他四目交投之際，突然，他感到有一股輕輕的力推了一推他的肩膊。他果真感到那不過是莫名其妙的輕輕一推，但身體卻完全失去了平衡，左右腳一個交叉，他的上半身便往橋外傾去了。

整個動作像慢鏡頭一般發生，他甚至看到眼球連環快拍了一幕一幕眼前的影像，石橋、樹、波比伸著舌頭的笑容、藍天、橋身外邊的青苔……

他的右手拉著的牽繩一緊。他發現自己的身子已經完全掉在橋外，牽繩的另一端顯然是在橋上拉扯著的波比。他向上望了一望牽繩在橋邊拉緊，再望向腳下的深谷，想起了橋頭白底紅字的警告指示。

＊如有雷同，實屬與蘇格蘭西敦巴頓郡的歐沃頓橋（Overtoun Bridge）事件巧合。

30

◉ 一次非常邦格邦格的訪問

「司令！我們收到了外交部傳來的緊急命令。」傳遞員跑到主力艦控制室送上電報函。

「又是什麼鬼東西。」艦隊司令接過了信件，一邊打開，一邊不耐煩的說道。「究竟是我上錯了學堂，還是世界崩潰了。有沒有人可以告訴我從什麼時候開始，外交部成為了我的上……」

司令沒有把話說完，仔細念著電報，愣了片刻，說道：「今日訓練暫停。另外，有沒有人會說阿比西尼亞語？」

在那二十世紀的第一個十年，司令本著專業的地理知識，固然知道阿比西尼亞是一個非洲東部的國家，但除此之外，當地的語言、文化，以至於當地絕大部分人都信耶穌的這等事實，他與同僚都一無所知。司令唯一知道的，就是命令的內容：阿比西尼亞的親王們正在前來探訪他的艦隊。

時間緊迫，距離親王們到達的時間，只剩下不足六小時。司令停止了所有訓練，命令全員幫忙準備歡迎儀式。有人負責找來符合外交禮儀的穿戴，有人到艦上掛起旗幟裝飾，有人去準備餐飲。

另一邊廂，阿比西尼亞的親王們則在外交官的陪同下，來到了城外的火車站。外交官要求鐵路局安排專車，並要有職員列隊歡迎。然而，站長實在沒有足夠時間準備，只好在普通列車後附加了一卡專用車廂，然後叫查票員扮成儀隊，急急鋪上陳舊的紅地毯，敷衍了事。

親王們一身禮服，寬袍大袖，頭包圍巾，每個膚色黝黑的臉上都是一副沒有微笑的嚴肅表情。他們登上了火車，並與外交官和翻譯員，休閒地享用車上的佳餚美酒。時間繼續倒數，艦隊的那一邊卻忙得一頭煙，而且出現了一個重大問題：他們怎樣找，也找不到阿比西尼亞的國旗與國歌歌譜。

「怎麼辦了？」儀隊主任問司令說。

「你問我？禮儀不是你們負責的嗎？」司令怒氣沖沖的說道。事實上，司令心中有數，如果在外交禮儀上待薄了來賓，他自己也難辭其咎。在司令和儀隊主任還在猶豫之際，下屬再次傳來了電報：「親王們已經下了火車，正在前來艦隊營地。」

眼見歡迎儀式必然要毀掉了，司令心想，得失外交人員固然事大，但如果自己失去了部隊裡的權威，那就更糟糕了。於是，司令把心一橫，跟儀隊主任下了一道叫聽者目瞪口呆的指令……

良久，外交部官員引領阿比西尼亞的親王們，以及他們的翻譯員到達。在儀隊響亮演奏的軍樂聲下，貴賓們逐一登上了主力艦的甲板，並由全身戎裝頭戴三角軍帽的軍官列隊歡迎。

歡迎儀隊一字排開，貴賓們與司令，以及高級將領並列於前頭。外交官提醒司令說，「是時候升旗並演奏阿比西尼亞國歌了，不要耽誤時間」。

司令點頭，向儀隊主任打了手號。儀隊的旗手慢慢升起一面國旗，同時樂隊開始奏樂。親王們一臉嚴肅望著緩緩升起的國旗，而儀隊裡面的每一個人，包括司令自己無不掌心冒汗，因為他們內心有鬼，明知道正在升起的不是阿比西尼亞的國旗，而是鄰國尚吉巴國的旗幟；同時，他們正在演奏的，也是他們唯一找到樂譜的尚吉巴國國歌。

司令閉上雙眼，不敢親眼見到東窗事發的一刻。

直至國歌奏完，司令打開眼，只見外交官與親王們正在握手，說想參觀艦上武器云云。司令心想，似乎貴賓們都出於禮貌，沒有要揭穿事件。他的權宜之計竟然奏效了。

司令如釋重負，熱情地給親王們介紹艦上的先進設備。當司令解說主力炮時，一直沉默的親王們突然振臂歡呼，大聲叫道：「邦格！邦格！」

「什麼是邦格？」司令問翻譯員。

「邦格是他們的土語。」翻譯員說。「意思是厲害。」

司令恍然大悟，向貴賓們豎起大拇指回應：「邦格！邦格！」

到了黃昏，愉快的訪問要結束了。司令帶同部隊，親自送貴賓們到火車站去，這是他從軍以來第一次讓他感到真正喜悅的訪問團，他心裡始終十分感激親王們的體諒與風度。

這一回，鐵路局終於安排了專列來接送阿比西尼亞的親王們。貴賓團上了火車，領隊的親王向窗外揮手道別，司令與下屬則在月台上行禮回應。火車開動，領隊的親王突然打了一個噴嚏。親王急忙轉身，背對送別的人群，而火車也在濃煙之中開走了。在那一刻，即親王轉身的那一刻，司令彷彿看見了什麼。

在火車上，親王們與外交官，以及翻譯員一同大笑起來，因為當親王打噴嚏時，竟然把半邊小鬍子吹掉了！

＊如有雷同，實屬與發生在一九一〇年的「無畏號騙局」（Dreadnought Hoax）巧合。當時，一班人成功冒充成阿比西尼亞親王，登上了英國皇家海軍艦艇無畏號。當中的一名假扮者，正是後來鼎鼎大名的作家伍爾夫（Virginia Woolf）。

31

吊在半空的椅子

在富豪區山上的巷尾，有一座外表平平無奇的石砌大宅。大宅外表樸實，裡面卻有三十二間以十八世紀法式風格裝修的房間。每一個房間與走廊都放滿了屋主收藏的古董擺設，而在其中一個房間裡，除了牆身裝飾之外，什麼都沒有，只有一張吊在半空，四腳離地的椅子。

這是一張擁有兩百多年歷史的藍色軟墊翼形椅子，做工細緻，布面有暗花圖案，高一百二十厘米，闊六十厘米，甚具氣派，曾經是拿破崙一世的家具，輾轉成了大宅的收藏。

現任屋主八歲時，跟隨身為市長的父親，以

及母親與弟弟，一家四口搬進這間有三十多個房間的大宅。屋主回憶說，「當時，我與弟弟在大宅裡玩捉迷藏，有時還真的會在屋內迷路，像誤進了異空間一般，一個房間接一個房間的走，走不到盡頭」。

「與其說這是一間屋，這裡更像一間博物館，放置了沒有人睡的床、沒有人用的桌、沒有人坐的椅。家具與藝術品一樣，只有三個存在的理由：一，用來觀賞；二，待有一天去拍賣；三，成為僕人們存在的理由。」屋主說。

屋主一住，便是四分三個世紀，在屋內目睹了許許多多的事，以及家人接二連三的過世。第一個離世的是他的弟弟。在他們搬進來不久的某一天，他與弟弟在花園玩耍，當他追趕弟弟來到噴水池時，他看見了池中弟弟的倒影。倒影是弟弟的，卻又不是弟弟的樣子，而是一個骷髏頭。

「自此，我便知道了我跟這大宅的靈體連結了。在這大宅裡，我能夠看見生死，但一旦離開了這大宅，我便失去了這能力。」屋主說。「後來，我在大宅裡遇見了第一任屋主，他是一個木工，在大宅裡殺了自己的妻子。他告訴我，大宅接受了我成為大宅的一份子，說我生前死後，都會留在大宅裡。」

「弟弟怎樣了？」我問道。

「唉。噴水池事件後不久，弟弟因為不知名病毒感染而過身。」屋主輕描淡寫的說道。

在外人眼裡，現在的大宅只剩下屋主、家具、僕人們，但在屋主眼裡，這可是熱鬧非常的一個家。他能夠看見靈體在走廊行走、汽車的幻影駛進大廳、身穿黑衣的女人與米色長袍的僧侶在屋裡踱步，等等等等。

「唯一我弄不明白的，只有那一張椅子。」屋主說。

「意思是你剛才帶我參觀的那一張藍色椅子嗎？」我問。

「正是。」屋主說。「父親說那椅子是拿破崙一世的，但我卻沒有看見拿破崙。我看不到是哪一種力量控制著它，而當我問及屋內其他的存在體，他們也不知道椅子的力量從何而來。你說，這是不是太神奇呢？」滿頭白髮的他，咧嘴大笑，露出詭異的神情，而我卻找不到笑點來。

我不相信靈體之說，更不相信面前這個老頭的說話。他是一個食飽無憂米的富二代，沒事好幹，天天在編故事，連累我們這些天天以編故事來討飯吃的打字員來聽他胡說八道。若非編輯要我來這裡討故事，我才不會浪費這個晴朗的星期天，在這間濕度極高的大宅內聽無聊鬼故事。

「所以，請問藍椅子發生了什麼事呢？」我不耐煩但故作專業的問道。

「事情是這樣的。」屋主說。「有天，大宅突然置身於濃霧之中。這本來沒什麼大不了，但出奇的是在走廊盡頭的房間，飄出了紅色的霧。」

「紅色的霧？」

「對，而且並非只有我見到，與我同行的管家也見到。於是，我倆便去看個究竟。當我們越是走近那房間，便發覺霧越是濃，越是紅。當我們走入房間之際，我聽到身旁的管家『啊』了一聲。原來，他絆倒了，卻又剛好坐在藍椅子上。接下來，奇異的事情便發生了！」

我故意沒有接話，沒有問「什麼呢？」而他自行續說：「此時，大霧散了。紅色的霧，連同大霧，都散了。」

「只是這樣？」我問。

「只是這樣？還不夠嗎？」他說。「你還想怎樣？如果之後不久，管家就死了。這樣好嗎？」

「這樣好一點。」我賭氣地說。

「就是這樣！」他突然靠近我說。「那管家在數小時後就死了，死因不明。而且，禍不單行，同樣的事情，同樣的紅霧，同樣的死亡，在數月後又發生了一次。這次死的人更是我的表親。」

屋主再一次煞有介事的盯著我看，估計是在期待我作出驚訝的反應。然而，他得不到預期的效果。當時的我正在被他身後房門飄進來的紅霧吸引著。那的確是迷一般的紅霧。

自我意外坐上了那椅子以後，屋主以繩子吊起了椅子，於是「沒有人可以再坐上去，那就不會又多一名遇害者了」。

*如有雷同，實屬與美國費城巴勒魯瓦大宅（Baleroy Mansion）的「死亡之椅」事件巧合。

32

◉ 小紅帽與大灰狼超級特價店

基於工作關係，亞特對狗吠聲特別靈敏，也特別熟悉，他可以單憑兩聲狗吠，分辨狗兒的喜怒哀樂。有天，他的愛犬在地下室發出短促的叫聲，引來了亞特的注意。亞特走到地下室，看見愛犬坐在一個紙箱子旁邊，又叫了兩聲。

「奇怪了，牠在叫什麼呢？我怎麼沒聽過這樣的吠聲。」亞特心想。

好奇心驅使亞特打開箱子。他發現裡面塞滿了舊報紙，大概是五年前搬屋時不以為然留下的。他打開泛黃了的報紙，眼神被一個標題所吸引：「驚人的價格！破天荒！」

亞特看到的是報紙的購物版，上面印有各式各類商品的價格，從食品到電子產品，應有盡有。亞特忽發奇想，跑到客廳拿了一份當天的報紙，並取出了購物版與五年前的報紙比較。

「太好笑了！破天荒的低價，卻每一件都貴了這麼多。究竟他們破了哪個文明的天荒？」亞特一邊比較產品價格，一邊大笑起來，那些聲稱屢破底價卻又不斷提高價錢之荒謬感，引來了他發自內心的大笑。

亞特嘴角上揚，取出了紅色和黑色馬克筆，開始在報紙上動起筆。他在舊報紙上，將那些從五年前到如今還存在的商店，命名為「大灰狼超級特價店」，然後將五年來聲稱「最低價」的產品，命名為「小紅帽」，接著真的在產品上方畫一個紅帽子。

「這樣做是什麼意思呢？」愛犬水汪汪的眼神彷彿問道。沒有人知道，也不太可能有人明白，但單單是這樣亂畫一通，就令亞特忍俊不禁。

「看來大灰狼超級特價店，還是不肯放過這位護髮素小紅帽呢！」亞特不斷對自己說笑話，把商店與產品說成情節，也是只有他自己明白的情節：大灰狼按捺不住去了大賣場、牙刷小紅帽欲拒還迎、急凍雞胸小紅帽又要去探望外婆了……

亞特迫不及待要與太太分享這個創意無限的樂趣，誓要令她捧腹大笑。他將報紙小心地摺疊起來，揣進口袋裡，打算把這個發現當作一個驚喜。

到了廚房，亞特將手收在背後，問太太說：「親愛的，猜猜我在地下室找到了什麼？」

「猜什麼猜的。你直接說吧。」太太正在準備晚餐。當天晚上，亞特約了一班學生來家裡作客，太太忙得一頭煙，而時間已經快到了下午五時。

「你看！」亞特從口袋拿出報紙，興奮說道。「我找到了五年前的小紅帽與大灰狼超級特價店。」

「什麼東西？」

亞特將報紙攤平，向太太展示他的小紅帽故事。亞特滔滔不絕，說著說著，太太終於忍不住噗嗤笑了出來，指著報紙上的其中一版說道：「所以這是『小紅帽日用百貨』嗎？」

「什麼啊？你根本沒有聽明白我的故事，這是大灰狼超級特價店。你究竟笑什麼啊？」亞特像小孩一般投訴說。

「我就是沒有聽得明白才覺得好笑啊！你太可愛了。」

「真是的。我再跟你說一個。」亞特搔搔頭，不放棄的續說。「這是『三隻小狼購物天地』，他們的貨，五年來都沒有漲價，定必是因為追不到紅帽小姐！追得氣喘吁吁……」

亞特用心的說故事，自己一邊說一邊笑，愛犬靜靜的蹲在他的腳邊，而太太竟然又真的被亞特的笑聲與無稽故事感染了，一齊捧腹大笑。

「好笑吧！」亞特笑著點頭。「這只是冰山一角！我決定晚飯時跟學生說這些故事，絕對可以笑死他們。」

「不要不要。」太太真的笑出眼淚來。「千萬不要。親愛的，你是天才。絕對不能讓其他人知道你有這樣的天賦。千萬不要。」

亞特聽得明白太太在挖苦他，他也不知道要否認，還是要怎樣，反正二人就這樣一起大笑了好一陣子。有時，當笑點敲破了笑穴，有一頭烏蠅飛過也會令人大笑一場。

二人說著笑著，笑聲在廚房迴蕩。「好了好了。別鬧了。你去客廳幫忙收拾，別騷擾我。」太太冷靜下來。

然而，亞特還是不斷發出陣陣笑聲。亞特一邊大笑，一邊對著太太露出了委屈的眼神。「停不了，太好笑了，太好笑了。」亞特的笑聲越來越尖銳，臉色也越來越蒼白。

「你怎麼了？」太太有點嚇驚，不明白發生了什麼事。「你慢下來，嘗試深呼吸一下？」

「不行！哈哈哈哈。不行呢！」亞特嘴角抽搐，努力想停止笑聲，但無法控制。

「親愛的，你怎麼了？」太太抓住亞特的肩膊。突然，亞特停止了笑聲，整個人昏倒了，一動不動。

這時候，愛犬對著亞特，再一次發出在地下室時的短促叫聲。在彌留之間，亞特終於明白了這叫聲所為何事。

＊如有雷同，實屬與狗隻訓練員瑟．科布克羅夫特（Arthur Cobcroft）的死亡事件巧合。在一九二〇年十月十四日，科布克羅夫特閱讀了一份一九一五年的報紙，並因為兩者刊登的產品價格差異而大笑起來，笑死了。醫生鑑定其死亡是由於過度大笑導致心臟衰竭。

33

真相與假相的公道

「這些相片是真的嗎？」記者又問了一次。

「是的。」艾爾說。「這些都是我跟花仙子的合照。」

「但有人質疑這些花仙子像打印出來的卡片，然後用某種方法固定在草叢，你認為怎樣呢？」

「你們喜歡怎樣想，是你們的事。相片是真的，真相就是我遇見了花仙子。」艾爾說。

艾爾說罷最後一句回應後，回到睡房休息。對於一個十三歲的女孩來說，一場一小時多的訪問已經夠累人，而這是艾爾今天的第三個訪問。每一個記者幾乎都帶著輕藐的目光、專家的口吻來質疑她的照片。「但真正的專家，真正的大人物，還未到來。」艾爾心想。

艾爾的照片有什麼特別之處呢？這一套五張的照片，拍攝到她與花仙子一起嬉戲的情景。在照片中，花仙子大約有二十厘米高，身穿貌似絲質的袍子，背上長有像蝴蝶的翅膀。花仙子當中有幾個在翩翩起舞，又有其中一個在吹奏像笛子的樂器。照片看不清楚花仙子的表情，但從艾爾的笑容看來，氣氛是喜樂的。

照片是艾爾父親拍下的，他聲稱自己當時看不見花仙子，只是聽到女兒說：「爸爸，我正在與花仙子玩耍，你快幫我拍下來。」於是他便按下了快門。「照片沖曬出來以後，竟然真的拍到了花仙子的模樣。」他說。

艾爾見到照片後，大讚爸爸的攝影技術，並將其中一份拷貝寄給她在南非的一個朋友。在信中，艾爾寫道：「這是十分有趣的照片。你不可能在非洲看見花仙子，它們不喜歡炎熱的天氣。親愛的，照片是給你的，請保密。」

一個月後，艾爾與花仙子的照片陸續刊登在大大小小的報紙，先是小報，後來多了靈媒與攝影師的評論後，便上了大報。艾爾沒有怪責她的朋友流出了照片，她只是要忙於應付來自四面八方的陌生人要求：記者要求訪問、靈媒要求親手驗證那些底片、編輯希望艾爾帶領攝影隊到森林一起尋找花仙子。

艾爾沒有享受自己成為大眾的焦點，她只是想小心翼翼處理好這事，不要說錯了什麼，或犯了什麼愚蠢的錯誤。艾爾發現，普羅大眾一開始時都對照片稱奇，並且認為照片真偽的人各佔一半，但隨著攝影專家指出照片有曝光的問題、記者狂追猛打的質問，以及靈媒的推波助瀾之後，越來越多人懷疑花仙子是偽造的。

說到靈媒的推波助瀾，這倒是要說清楚的：只要靈媒以他們的誇張表演手法宣稱或力證一件事情，該事情便會瞬間失去了大眾的認同和信任。幫了一個倒忙，大概就是這個意思。

叮、叮。叮、叮。門鈴聲響起。艾爾知道大人物到達了。艾爾對著鏡子整理一下自己的碎花連身長裙，深呼吸了一口氣後，帶著自信的步伐走回客廳。

客廳裡，大人物端莊地坐在椅子上。他一身厚實的西裝，嘴上束了兩撇修得整整齊齊的鬍鬚。艾爾的姑母正在為大人物送上茶點。

「爵士，你好。」艾爾說。

「艾爾小姐，你好。幸會。」爵士說。

「是我的榮幸。我們一家人都很喜歡你寫的偵探小說。」

「可以娛樂到大家……」爵士說。「是我的光榮。不過，你知道為什麼人們喜歡偵探小說嗎？」

「因為……曲折離奇？」

「不是。」

「出人意表的結果？」

「也不是。」爵士啜了一口茶。「是因為公道。」

「公道？」

「公道。因為偵探小說公道。有獎有罰，真正犯了罪的人不可能逃脫，情有可原的犯罪者會得到法律以外的同情，隱瞞了的真相一定會被揭露。那就是公道。」

艾爾愣了片刻，問爵士：「為什麼我們的世界不可以像偵探小說一般的公道呢？」爵士收起了下巴，隱約嘆了一口氣，說道：「因為人有私心，人有太多的隱瞞。」

「你有私心嗎？」艾爾心想，沒有把這問題說出來。

爵士是因艾爾的照片而來的。爵士沒有問太多關於照片上的細節，反而是不斷追問當日艾爾遇見花仙子的過程。就像爵士筆下的名偵探，他一個接一個的問題，環環相扣，問到艾爾快招架不住：花仙子有跟你說話嗎？它們說英語？你的意思是，它們說你聽不懂的語言，但你又感應到它們正在對你說什麼？那麼，這裡面有時差的嗎？即它們一邊說，你一邊感應？還是它們說完了，你才感應到？所以，究竟你是聽到它們說話，還是感應到它們說……

艾爾如此這般被爵士質問了兩個小時。

艾爾送別了爵士後，立即回到睡房躺在床上。艾爾看著天花板，心想「這實在、實在太累人了」，又想到爵士最後留下那一臉懷疑的眼神，以及他的說話：「艾爾小姐，你是善良的小女孩。請容許我，以我的理解和角度，寫出我對這些照片的誠實評論。」

兩個星期後，爵士對於艾爾與花仙子照片的評論刊出，理所當然得到了不同媒體的轉載。爵士認為，照片是偽造的。爵士寫道：「艾爾與花仙子的相遇，簡直像夢，我從沒聽說有人類可以拍攝到夢。」爵士的評論，一錘定音，媒體與大眾紛紛跟隨爵士的方向，說艾爾的照片是假的、花仙子也是假的。

艾爾與花仙子的照片事件就這樣落幕了。其後，艾爾的偽造照片亦成為了人們反駁非自然現象、否定花仙子存在的有力證據。

冬去春來，回復平靜生活的艾爾，又到了遇見花仙子的森林。艾爾踏進森林不久，花仙子一一跳著舞出來迎接她。艾爾坐下，抱著其中一個花仙子說：「我們說好的事，我都辦妥了。現在，沒有人再會相信你們真的存在。你們安全了。」

＊如有雷同，實屬與一九一七年於英國中部發生的「柯亭立花仙子」（Cottingley Fairies）事件巧合。著名英國推理小說作家柯南．道爾（Arthur Conan Doyle），曾經就照片的真實性於雜誌寫了一篇文章。

34

毛茸茸派對

在很久很久以前，我收到了一封來自K先生的派對邀請函。他邀請我去他的莊園參加一個黑色派對。我按著請函上的指示，穿上了沒有任何花紋的全黑色外套與褲子，以及高筒的黑色皮靴。

一身黑色衣著的我到達莊園，整個地方被薄霧籠罩。我隱約跟隨路燈的指引，找到了大門，走進屋子。沿途沒有遇上任何人，也沒有人來應門。我推門而入，客廳的燈光昏暗，牆上掛了黑色的帷幕，幕上貼了一張張拍攝一具人偶的黑白照片。地上是全黑色的地毯，靠背沙發上面鋪著的，也是一塊厚厚的黑色毛毯，整個沙發被包覆在深邃的陰影之中。

「你早到了。」背後有人低聲說道。我轉身望去，嚇了一跳。一個穿著黑色西裝，臉上戴著粉紅色毛茸茸兔子面具的男人站在我面前。

「你不是K先生。」我說。

「我是兔子。請跟我來。」

兔子帶領我走往另一個房間，經過的走廊卻像迷宮，充滿迷離的影子和不知名的聲響。我分辨不到那些是真實的聲音，還是專業派對高手準備的音效。正當我開始意識到恐懼時，我們來到了一個房間，一個放滿了動物面具的房間。

「請隨便選一個。」兔子說。我選了一個灰熊面具，然後回到客廳。其他賓客陸續到場，這叫我有點放心，放心自己不是陷入一次騙局，或一件殺人案件。

賓客越來越多，客廳裡充斥各種動物的面具，有狼、猴、豹、狐狸、獅子，等等等等。空氣混雜了皮革與酒精的氣味，笑聲與大叫聲此起彼落。

突然，燈光熄滅，整個房間陷入黑暗。有人尖叫了一聲，有人靜了下來，有人笑了起來。隨後，我們聽到了一些既像人類又像動物發出的叫聲，像呻吟，像哭泣。

在漆黑中，一盞紅色的燈光閃爍起來，照亮了房間的中央。我看到一個巨大的黑色兔子從右側的門走進來，它不是一個戴了兔子面具的人，而是一隻兩腳站立走動而全身毛髮蓬鬆的黑色兔子。

黑色兔子踏上了沙發，一言不發。紅色的閃光，照到兔子的眼睛，以及像沾上了黏液的毛髮。眼前的一切，整個氛圍，都叫我心裡發毛。我背靠著大門，打算輕輕的開門離開，離開這個詭異的派對，卻發現，門被鎖了。

「搞什麼鬼！」我想。正當我要發作之際，全屋的燈亮起來。黑色兔子脫下了頭套，大叫「歡迎來到我的分手派對，請大家好好享受今晚的娛樂！」當然，他就是K先生。

這個白痴K先生！非要將派對弄得這麼古怪嗎？那一刻，我跟自己發誓，我不會再參加任何藝術家辦的派對，尤其是分手派對。K先生與女友分手後，傷心欲絕，深居簡出。後來，鎮上的人說他行為有點怪異，我不以為然，直至收到他的請函，我才第一次見到分手後的他，以及他的怪異。

此時，剛才接待我的粉紅兔子先生，搬出了一具與真人一般大小的毛茸茸人偶。這人偶正是牆上照片中的那一具。人偶的毛，跟K先生身上的黑色兔子毛一致。兔子將人偶搬到K先生旁邊，K先生拿出了一張紙，說道：

「各位，作為一項儀式，請容許我讀出寄給廠商的信。當時，我是這樣寫的：『昨天我寄來了我心愛的人的照片，以及真人大小比例的圖畫。我請你仔細地複製它，將它變成現實。特別注意頭部和頸部、胸、臀和四肢的尺寸，並注意輪廓，例如，頸部到背部的線條，腹部的曲線。

「請允許我的觸覺，可以在那些脂肪層與肌肉層之間，感覺到它皮膚覆蓋下的愉悅。第一層的內側，請使用細而捲曲的馬毛，也要對馬毛進行消毒。然後，在那上面，是一層填充了羽絨的小袋，像那些用於座椅和胸部的棉絨。對我來說，這一切的意義在於我必須能夠享受到它的體驗。』」

K先生一字一句的將信讀出，我終於明白鎮上的人說他行為怪異是怎樣一回事。他以毛茸茸人偶代替了女友。我一方面罵自己荒謬地參與了這場派對，但又慶幸可親眼目睹這一切。

那一晚的派對，眾人喝得一塌糊塗，酩酊大醉。在黎明破曉之時，K先生將人偶拉到了花園，將它斬首，並在它頭上灑了一瓶紅酒。

＊如有雷同，實屬與藝術家奧斯卡．柯克西卡（Oskar Kokoschka）於一九一八年製作「阿爾瑪．馬勒娃娃」（Alma Doll）巧合。

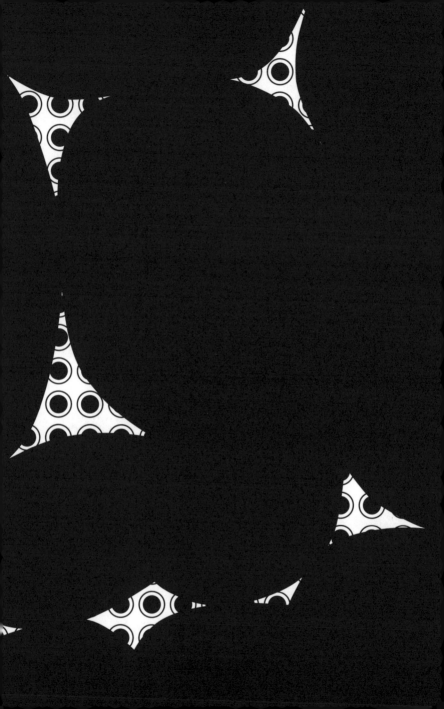

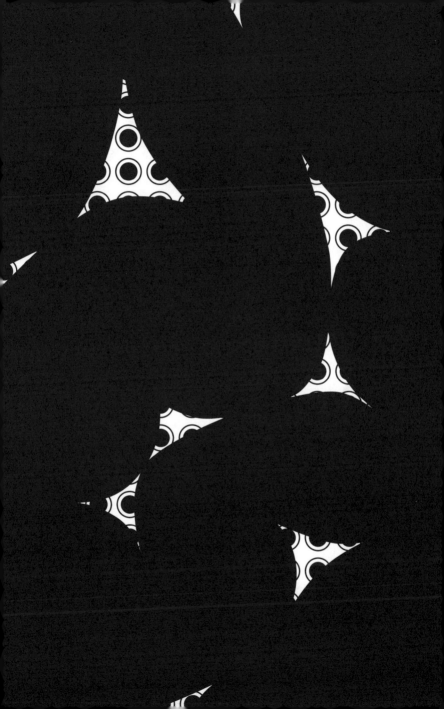

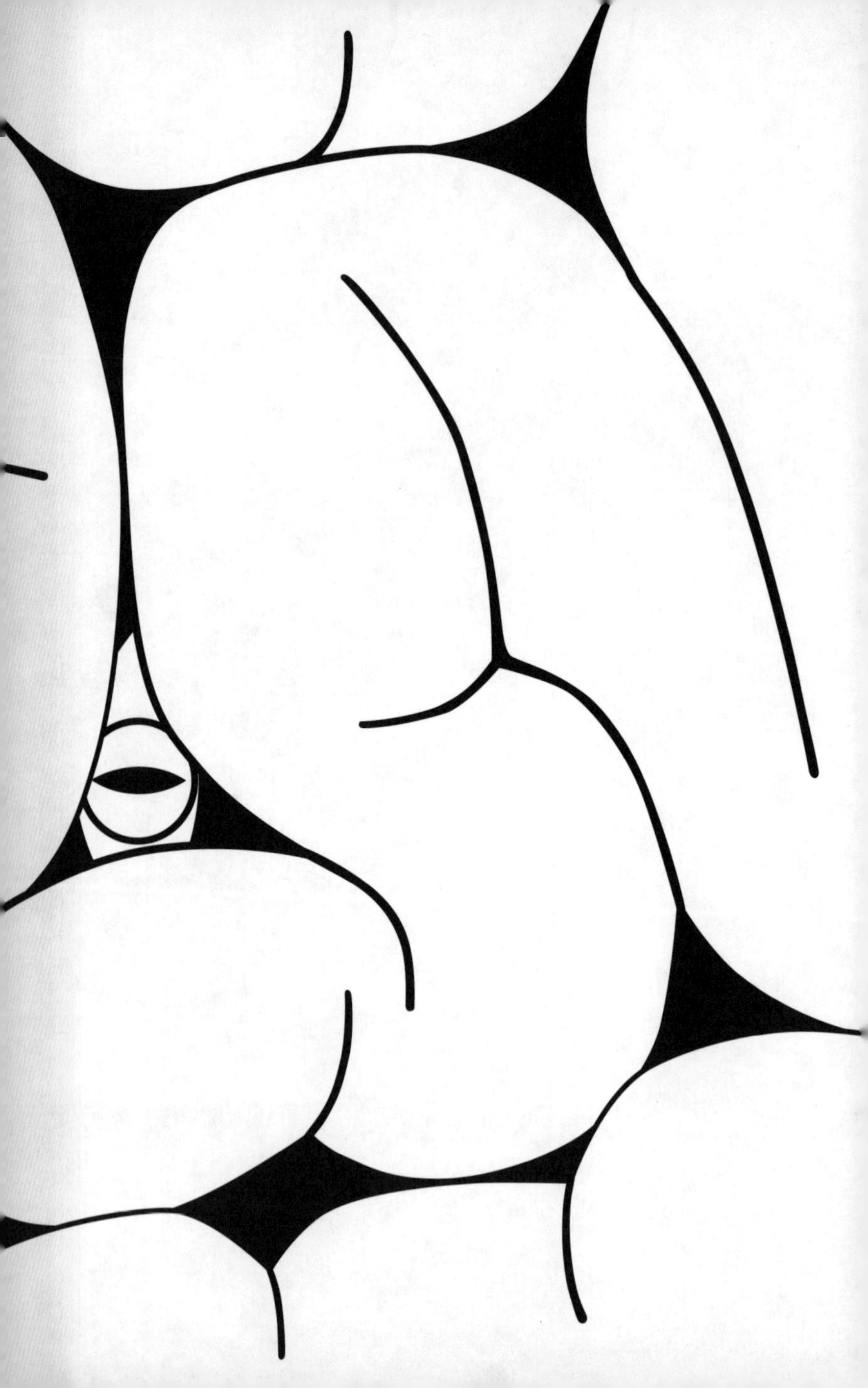

35

不可能在星期三出世的人

那一天，我問阿奎：「你怎樣肯定自己是星期三出世的呢？」

阿奎抬頭看著我，像看到我臉上正在長出一顆顆士多啤梨似的。

「什麼意思？」他說。

「字面的意思。你怎樣肯定自己是星期三出世呢？你更像星期一出世的人。」

「當年的四月一日，就是星期三啊！這有什麼好疑問的。」

「沒有什麼好疑問的。」我說。但我之所以

會提出那樣的問題，是因為阿奎實在不像是星期三出世的人。阿奎日常的生活，孤僻而平靜。每天，他會獨自在小屋度過整個早晨，對著窗邊弄早餐、咖啡，仔細選出兩顆大小相當的雞蛋，以及一定要數出四十九粒咖啡豆來煮。

中午時分，阿奎會一個人外出，根據帳簿到街上的商戶收取租金。阿奎與商戶的對答不多於三句：你好／到期了／謝謝。又或是：你好／到期了／那麼我下星期再來一次，謝謝。

下午時分，阿奎沿著小屋附近的小徑漫步，有時經過我家，便與我喝一杯啤酒，若然我不在家，他會繞小徑走一圈，然後回家，聆聽日落的聲音。什麼是日落的聲音？我也不知道，這是阿奎的說法，他說顏色與溫度都有聲音，「晴朗的日落是低音的，雨後的日落是高音的」。所以我說，阿奎不像是星期三出世的人。

到了晚上，阿奎會吃輕量的晚餐，倒半杯紅酒，放一張沙維爾庫加大樂團的黑膠唱片，之後開始寫作。那一張唱片是阿奎的母親死前送給他的最後一份生日禮物。阿奎每天播同一張唱片，吃同一大小的雞蛋，過同一種生活。這絕對不是星期三出世的人過的生活。

「所以，你沒有懷疑自己是星期三以外的日子出世嗎？」我問。

「從來沒有，但我有懷疑父親不是我的親生父親。」阿奎啜了一口啤酒說道。

「我倒真是沒有見過你父親呢！」

「我十五歲那一年，他上班時遇到意外死了。那時，你還未搬到這裡來。」

「什麼樣的意外？」

「他去買麵包時，被一隻路過的大象踏死了。」

「哦，是這樣。你為什麼懷疑他不是你父親呢？」

「因為他死時，我一點傷心也沒有。我們血脈相連，我不是應該會很傷心才是嗎？而且，我長得一點也不像他。他的鼻子很高，那話兒也很大。」

我點點頭。

「這樣說吧，連媽媽也沒有在他死時露出半點傷感。」阿奎說。「所以就算他是我的父親，也不會是媽媽心愛的丈夫。」

「如果……」我說。「我是說如果，如果你真的不是你父親的兒子，而是你母親跟別的男子生的。那麼，媽媽會不會有理由胡說你的出生日子呢？」

阿奎愣了片刻，說道：「我倒真的沒有想到這一點。改寫我的出生日子，可以怎樣隱瞞一次外遇事件呢？我想不通。但我好奇，為什麼你這麼希望我不是星期三出生呢？」

「你就是不可能在星期三出世啊！」我說。

「為什麼？」

「我親生大哥就是星期三出世的，所以我知道星期三出世的人是怎樣的。」

「你大哥是怎樣的？」

「簡單來說，他就是一枝生日蛋糕上的蠟燭。只要有他存在，無論是派對、課堂，哪怕是在靈堂裡，大家都會環繞著他歡呼、拍掌，一起高興起來。大哥就是有本事照亮周圍的人。這就是星期三出世的人的模樣，命書上就是這樣寫的。」

說到這裡，我倆沉默了一會兒。房間只剩下跳字鐘，以及快要日落的聲音。

「我本來真的沒有想提起這事。」我說。「但大哥過世時，我便想起來，想起你也稱自己是星期三出世，想到如果你不改正你的性格和行為，大家都會像我一樣懷疑你的身世，甚至會猜到你母親曾經有外遇。」

「我沒有說媽媽有外遇。」

「你說自己不是父親親生的。」我說。

「我說，懷疑。是懷疑……」阿奎提高了一點點聲線說：「就像你懷疑我不是星期三出生一樣，這可能是錯誤的估計。」

「估計是否錯誤不重要，重要的是人們相信了什麼。」

「我不介意別人怎樣想我。」

「但對你母親來說呢？如果他們認定你是私生子，說你母親的壞話，你會接受嗎？」

「反正她也不會知道。」

「反正……」我說。「反正我也就是想說服你，跟我參加一次教會崇拜罷了。這才像星期三出世的人會去參與的事。」

阿奎搖搖頭，雙手放在桌子上把玩著玻璃杯子。我們的話說到那裡結束了。我邀他多喝一瓶啤酒，但他禮貌的拒絕了，走了。之後，阿奎始終沒有跟我去教會，而我們也越來越少見面。事隔這麼多年，我也搬過了好幾個城市，本以為已經忘了阿奎這個怪人，但昨天從醫院探望完母親後，在回家的路上，電台播起了沙維爾庫加大樂團的音樂，令我又想起了這個不可能在星期三出世的人，以及母親告訴我的事實：原來，我與大哥沒有半點血緣關係。

＊如有雷同，實屬與心理學家古斯塔夫·賈霍達（Gustav Jahoda）對於加納中部阿善提人文化的研究巧合。研究發現，每位阿善提孩童會依賴出生的日子而有一個教名，並有相應的性格，例如週一出生的人叫奎杜沃（Kwadwo），個性安靜、羞怯、平和，而週三出生的人叫奎庫（Kwaku），個性好動、調皮、搗蛋，而在當地少年法庭的記錄中，奎庫比奎杜沃的人數明顯地較多。

36

◉ 甜吻與法仔

人生是否必須要以勝利作為目的？我不知道，但我的工作是以勝利作為存在理由，而且勝利的定義相當窄，那就是得到第一名。我是一名馴馬師，我的勝利靠我的馬匹與騎手獲得第一名而來，而我將要告訴你我人生中最難忘的一次勝利。

那一場賽事在世界知名的B公園賽馬場舉行。B公園賽馬場歷史悠久，舉辦過幾乎所有重要的賽事，也成為了無數名駒與明星級騎手的成名地。故此，行內人都暱稱B公園賽馬場為「大冠軍賽道」。

為了贏得那一場大冠軍賽道的障礙賽，我挑選了一個完美組合：我馬房中最有潛力的年輕馬匹，牠的名字是甜吻，並由我的好朋友法仔來騎乘。

甜吻沒有在大冠軍賽道出賽的經驗，本來並沒有多少說服力的理由要派牠去爭第一名，但作為馴馬師，第六感是必備的條件。什麼是第六感？第六感就是一種刹那的實在感。當第六感來臨，你必須拋掉所有的理性去擁抱它。你不相信第六感，第六感就不存在，你相信它，它就給你一切成真的力量。

我還記得，在我得知要出賽大冠軍賽道的下午，我走到馬房，一片寧靜，彷彿所有馬兒消失了一般。我面對滿有灰塵的悶熱空氣，問了一句：「輪到誰要得到冠軍了？」此時，甜吻的頭，慢動作一般伸出圍欄，先是鼻子，然後是牠的眼睛。我看著牠，牠看著我，那一刻，第六感來了。我強烈感受到：這一次，甜吻一定可以得到第一名。

甜吻一定可以得到第一名。於是，誰來策騎已不是問題，因為我知道，無論是廢人、死人、任何人來策騎，甜吻都一定可以得到第一名，問題只是：我想哪一個騎手得到第一名呢？我立即想起了法仔。

法仔跟我識於微時，只是我比他年長一點。在法仔來到馬房之前，最低賤、最骯髒的工作都是我負責的，他來到了之後，我本以為這些工作會變成是他負責的，事實卻是我們一同負責了。無論如何，我們是好朋友。

我們一齊從散工做起，慢慢得到了協助訓練馬匹的機會。我們立志要成功，也終於捱出了一點成績。我們成為了騮馬助理。有一晚，法仔約了我去酒吧消遣，三杯下肚，法仔突然說：

「我真的討厭你！」

「討厭我？」我以為他在說笑，嬉皮笑臉的回答。

「是的，」法仔一口喝乾波本酒說道：「我討厭你。」

「為什麼？」

「因為你太厲害。你知道怎樣的馬，會在什麼情況，勝出哪一場賽事。我做不來。」

「那只是因為我有第六感罷了。」我說。

「這就是最討厭的。第六感這回事，憑我怎樣努力都強求不來。」

法仔的努力與毅力是無人能及的，但他的倒楣指數也是舉世無雙，他賭博一定會輸，抽獎一定沒他的份兒，排隊截龍也永遠是他一個人趕不上。他就是欠運。

「沒關係的。」我說。「我有我的第六感，你有你至死方休的毅力，我們都可以成為最出色的馴馬師。」

「只有你覺得沒關係。一場賽事可不會有兩名最出色的馴馬師。」法仔說。

當晚，法仔與我喝到爛醉。翌日，我們還是好朋友，只是法仔辭去了馴馬助理的工作而去成為一名騎手。我們沒有重提當晚在酒吧的對話，但我在心目中寫下了一個心願：我要幫助法仔成為冠軍騎師。

轉戰成為騎手的法仔沒有一帆風順。在成為正式騎師後，他還沒有得到一次冠軍，而今次，機會來了！他的機會在我手上。我肯定，甜吻會帶領他得到冠軍。我介紹了法仔給甜吻，又將甜吻介紹給法仔，他們一拍即合，天生一對。

我的第六感正在應驗，只剩下一個小問題：法仔的體重太高了！其他助理、馬主，甚至法仔本人都勸我轉換另一位輕盈一點的騎師，好要符合出賽的標準。不行！我堅決反對。第六感不是每一次都會出現，我不知道錯過了這次機會之後，下一次可以幫忙法仔的機會是何時。

「你減磅吧！」我嚴正地跟法仔說。

「要減十磅。只有一星期時間。這是生理上可行的嗎？」法仔猶豫。

「你忘了自己的座右銘？」

「只問耕耘，不問收穫？」

「屁！」我罵說。「『駑馬千里，功在不捨。』你不可以放棄，你一定可以的。」

「那是我的座右銘嗎？」法仔說。

最後，法仔以一星期時間減了十二磅，成功入閘。到了比賽當天，我陪伴法仔到洗手間整裝。法仔來到洗手盆前洗臉，鏡子裡是一張充滿倦意的臉，黃濁的眼睛，兩鬢還夾雜著鬚子。沒有相士會判斷這是一張冠軍相，但我相信我的第六感：甜吻與法仔一定可以得到第一名。

「你可以的。」我跟法仔說。

「我相信你。」

賽事按照我的第六感一步一步實現：法仔爬上馬背，甜馬露出迎接勝利的眼神；入閘；鐘聲一響，開閘；甜吻與法仔一馬當先，跳過了第一、二個欄杆；領先轉第一個彎……

沒錯，就是這樣！就在此時，甜馬突然在障礙物前拒跳。為什麼呢？我隱約看見馬背上的法仔面有難色，看來是弄不清楚甜吻的步法。慘了！眼見其他馬匹快要超越他們，我不禁心寒：難道我的第六感錯了？

啪的一聲！法仔一鞭打到甜吻身上，甜吻隨即躍起跳過障礙物，而其他馬匹卻也追到了，一群馬近乎平排的疾走，不相上下。突然，法仔的重心傾前，以一種前所未有的騎法推進甜吻，令甜吻賺到半個馬鼻的領先優勢。大家見狀，大叫讚好！法仔以此出其不意的騎姿帶領甜吻跳過最後一個障礙物，直路衝刺，並終於以一個馬頭的優勢跑過終點。

我的第六感是沒錯的。甜吻與法仔得到了第一名！馬主興奮了，拉著我的手走到終點，要第一時間去恭賀法仔得到人生第一個冠軍。但，也是他最後一個冠軍。甜吻在終點後一百米停下，法仔還是以剛才的姿勢臉朝下的伏在馬背上，一動也不動。自那一場賽事後，「甜吻」成為了牠的簡稱，全稱是「甜甜的死亡之吻」。

＊如有雷同，實屬與騎馬師海耶斯（Frank Hayes）於一九二三年的一次賽馬意外巧合。

37

◉ 小小的伎倆

「姑娘，妳耐心等待吧！」在嘈吵聲之中，負責維持秩序的老兄跟我喊道。「每當旺季來臨，來自四面八方的人都湧到這裡。大家聚集在橋邊，木橋自然就成了一個瓶頸。妳耐心等待吧！」

我想，在這裡最有耐心的人肯定是這位老兄，他一個接一個跟我們每一個過路人解釋狀況，不斷重複同一番說話，聲線是大的，但語氣平靜非常，道行之高，大概是幾生修來。在人群裡，有的人一邊等一邊睡覺，像上輩子沒有睡飽一般，有的在聊故鄉的事，有的等得不耐煩而鼓譟起來。

每一次，當有人稍有躁動不安，快要生起事

端時，遠方就會傳來一陣悠揚的笛聲。人們的目光跟隨笛聲轉向橋的盡頭，便會見到一名穿著東方傳統服飾的笛手，從遠處走來，吹奏音樂，音樂節奏輕快，令人不期然跟著節拍輕輕擺動身體。笛聲漸漸靠近，人們的情緒也變得平靜。

當笛聲停止時，人們會發現自己不期然排成了一道整齊的隊伍，按照先後順序排隊過橋。即使當中等待時間最長的人，也不再感到不耐煩。為什麼等待時間最長的人，還在等呢？原來，當笛聲接近，人們隨著音樂移動而排隊時，當中的順序是隨機的。有時候，剛到的人會因為身體與空間的互動而到了前方，早到的人又會不知不覺的到了後方。

我在人群之中，觀察到這個規律，覺得相當有趣，又不合理，而這不合理的規律卻似乎只有我一人留意到。既然其他人沒有異議，那我只好冷眼旁觀的排隊好了。

冷眼旁觀，可以免卻很多煩惱。我自小學會這個道理，從小時候寄養在外婆家，到長大後成為了別人的媳婦，冷眼旁觀而不正面衝突的本領，幫助我避開不少指責、追問，又或變本加厲的要求。百無聊賴的排隊時間，特別適合回想舊事。我是什麼時候學會不跟人正面衝突的本領呢？大概是那一碗外婆的湯。

我喜歡外婆，也喜歡她煮的食物，我只是不喜歡湯。為什麼不喜歡湯？沒有什麼明確的理由，感覺就是有人怕高，有人怕死，我怕湯。你問高有什麼可怕，又問人沒有死過又何來怕死？這些問題都是廢話。怕，就是怕，我也怕自己總是沒完沒了的跟自己一問一答，但事情就是這樣。我可以怕，同時事情還是會發生。

我怕喝湯，我愛外婆，兩者結合的必然問題，便是我應該如何避免將那一碗湯喝下肚子，而又不叫外婆失望呢？我嘗試裝病，縮在床上，擺出一副虛弱無力的樣子，但當我見到外婆擔心的樣子，這便叫我後悔一半，而當我見到外婆給我端來一碗比一般湯水更可怕的藥湯時，我更後悔百倍。

後來，我認識了在市場擺檔的魔術師。他是一名老伯。老伯跟我一樣有一種在人群中泰然自在的能力。有次，我看穿了他將繩子變成蛇的技法。我靜待觀眾散去，走近跟他說：「魔術師老伯，我剛才看到你在袖口裡的機關呢！你下次要小心一點。」

「小姑娘……」老伯說。「如果那是我的失手，那為什麼只有你一人留意到呢？」

「因為我是特別的人嗎？」

「答對一半。」

「那另一半呢？」

「因為你是特別的人，我才刻意讓你看到。」老伯笑說。

「為什麼？」

「那麼，一個善良誠實的小姑娘才會主動走過來跟我搭話啊！哈哈哈哈。」

老伯跟我是莫逆之交。現在想來，老伯的出現真是奇妙，怎麼可能有一個非親非故的人無緣無故的對你好呢？又應該說，哪怕是親人也不見得一定可以信賴。當有些事情不按照常識發生，而這事情又年代久遠，就會像夢。

我從老伯那裡學會了假裝喝湯的小伎倆。外婆看見的，是我一口口喝下美味的湯水，而事實上，湯水卻從我的後頸流到腳底的鞋子。這豈不會弄到背脊濕透？比起那一個為了變走小鳥而殺死小鳥的戲法，這實在算不上什麼。

小小的伎倆，往往是人生最重要的資產。有了不跟人正面衝突的本領，我才得以從一場又一場困境中活過來，只是到了生死大關，任我有再大的本領也是逃不過。

我跟隨人潮，終於來到橋頭。負責人說：「喝下這碗湯，你便會忘了上一世的記憶。」我連外婆的湯也不喝，何況這一碗呢？我重施故伎，接著走過了橋，之後的事，則是家喻戶曉。

＊如有雷同，實屬與一九二六年印度女孩香緹．德維的轉世故事巧合。德維的輪迴轉生個案，曾經得到甘地，以及他任命的十五人委員會調查及肯定。

38

精神征服物質

有一個在戰爭中受了傷的少女，從前線回到鄉間。有天，少女在廚房大發雷霆。她為了什麼而生氣呢？或許是她找不到藏在櫃底的伏特加，或打翻了已經醃好了的黃瓜丁？她記不起來了，她記得的是那改變了她餘下人生的一幕：她怒氣沖沖的走近碗櫃，然後一個罐子像有生命力一般慢慢溜到架子的邊緣，跌下來，摔碎了。

「這不是因為地震，或任何自然物理可以解釋的現象。」她說。自此之後，她遇到了接踵而來的怪事，當她走過走廊時，燈光平白無故的忽明忽暗；當她到醫院覆診時，非自動門的門自動的打開；當她到餐廳用膳時，桌上的瓷品忽然從左到右移動。

起初，她跟一般人的反應一樣，以為有淘氣的幽靈作祟，她試圖尋求宗教的協助，但無阻怪事持續發生。更奇怪的是，她慢慢感應到能夠移動物件的力量，那力量好像是來自她的體內。她從觀察中歸納了一個事實，那就是每當有怪事發生時，她都在發怒！

回想起來，她跟情人吵架後走到走廊，才遇上無故閃動的燈；她發現出租車司機繞路後來到醫院，才遇上自動打開的非自動門；她跟不禮貌的侍應頂嘴後，桌上的碗碟才移動。「當天，我在廚房責罵自己遲遲未康復的手腕……」她回想說：「我很生氣，而罐子是因為我的怒氣而移動的。我的念力控制了它，精神征服了物質。」

從此，她開始練習如何控制憤怒，並以此作為念力去移動物件。她的奇異能力漸漸得到其他人的關注，從她所在的鄉村，到城市，最後連大學裡的學者也留意到她的消息。她拒絕了所有科學家的實驗提議，除了一位名叫愛德華的博士。

沒有人知道愛德華博士如何說服了少女，但博士成功邀請她到了城市裡的研究所，進行了一連串的驗證實驗。例如，博士將火柴散放在椅子上，少女則蹲坐在旁邊，並以雙手在火柴的上方隔空用力緊握拳頭。突然，火柴在沒有被觸碰的情況下，一齊跑到椅子的邊緣，然後逐一掉到地上。

博士與少女反覆做了多次實驗，拍下了六十多個短片，記錄了她的神奇力量。這些實驗一個比一個誇張，誇張到連少女也驚訝自己念力之強大。在其中一個短片裡，人們可以看到博士打破一個生雞蛋，將之浸在玻璃箱的鹽水裡，而少女站在一米之外的距離，對著玻璃箱集中精神，竟然能夠將水內的蛋白和蛋黃分開。

在求真的精神下，少女的雞蛋實驗反覆進行了多次，實驗記錄亦被送到在體制裡更高規格的單位去了。在這一段時間，少女承受了巨大壓力，她的精神與肉體幾乎抵受不住成為大眾焦點的目光，但這些壓力卻又無阻她在實驗中持續而穩定的傑出表現。

少女被送到更高級別的研究院去了。在那裡，科學家以更多的儀器觀測念力實驗，進行更仔細的記錄與分析，並將訊息分享給更多的傳媒報導。科學家發現，在少女開始以念力將蛋白和蛋黃分離的時候，她四周的電磁場脈動現象出現了異常，脈動達到每秒鐘四次。

「當這種磁震……」科學家解釋：「或磁波發生的動作，集中在一個物件上，這個物件即使沒有磁性，亦好像有了磁性一樣，最後所有物體都可以被她吸引或拒斥，像磁鐵一般控制。」

聽到科學家的解釋，少女恍然大悟，「所以我可以控制到瓷品、火柴、雞蛋，它們都沒有磁性，但在被我移動時的模樣，卻像磁粉遇上磁鐵一般，但我不明白的是……」

「你不需要明白！」科學家斥道：「你只需要知道，我們還在戰爭之中，我們需要你的存在，我和愛德華博士都需要你的存在。你的存在比你的念力更重要。因此，你必須要相信自己的念力，我們要以精神征服物質。」

＊如有雷同，實屬與蘇聯時期的俄國靈動力者庫拉基納（Ninel Kulagina）的故事巧合。

39

◉ 英勇殺敵的日記

爺爺是一個溫文爾雅的老人。小時候，一到夏天，我便會到爺爺家過暑假。白天，爺爺會與我在小麥田玩捉迷藏。晚上，爺爺嫲嫲與我會坐在屋外乘涼，聽爺爺說他年輕時候的事蹟。

爺爺說，他曾經是一名驍勇善戰的士兵，在戰場上英勇殺敵。每一次當爺爺談到這個話題，嫲嫲與我都會大笑起來。嫲嫲笑說他又念舊事，我則想像著一個長得似聖誕老人的士兵在戰地滾來滾去的滑稽。

我沒有真的相信爺爺說的戰績，直至在爺爺過身後，我收拾他的遺物，找到了他的一本舊日記，無意間翻開了以下幾頁：

十一月一日，晴

雨天終於完了，而任務也終於到了我們皇家團第七炮兵連頭上。糟糕。這是一場不義之戰。難道沒有更好的解決方法嗎？難道不可以和平共處嗎？

少校說：「那一萬發子彈必須要花光。」我們在作戰會議上，問他：「作戰目標是什麼？」他回答：「花光一萬發子彈，殺敵越多越好。」這稱不上目標。

那作戰方案呢？少校說：「笨蛋！不就是瞄準、發射、收屍嗎？」

晚上，我為路易士機槍清理槍管。明天，我會與它一起上戰場。那久違了而我從不想念的戰場。

十一月二日，晴

晨早時分，我們收到探兵報告，「發現了五十多個目標」。我們開車到了目的地，設置了埋伏圈，打算將敵軍引入其中，再以機槍掃射。可惜，敵人相當機警，沒有落入圈套，並在察覺到我們的伏兵時，以鳥獸散的方式突圍。明顯，敵方善於打游擊戰。

笨蛋少校見狀，竟然下令開火。他是怎樣當上少校的呢？他完全不懂得槍枝。我們的路易士機槍，射速是每分鐘五百發，槍口初速每秒七百公尺，有效射程是八百。當時，目標至少距離我們有二千多公尺，而且是四散狀。他竟然下令開火？

晚上，我看見他在報告寫上：「大概擊殺了十二個左右的敵人。」大概？左右？或許，可能，有吧！

十一月三日，陰

徒勞無功。浪費彈藥的一天。

十一月四日，晴

神明的光照到了少校的額頭。少校突然明白到考察地形與作戰計劃的重要，只是他還是一個徹頭徹尾的笨蛋。他在地圖上指指點點，想到了一個天才級別的作戰計劃：「背靠一個水壩設置埋伏，以水聲掩飾我們的行蹤。」他是誤以為水壩等同瀑布吧？

下午，我們的埋伏圈設置完成。兩小時後，上千個敵人進入埋伏圈。少校隨即下令開火。太早了！那個時刻開火，實在是太早了！軍令就是軍令。是不是有誰說過錯誤總是在同一刻一齊發生的嗎？在開火不夠兩三分鐘，我的機槍卡住了。敵人趁此機會向四方逃走，而這個埋伏完全沒有準備切斷對方的逃走路線。

少校將所有責任怪罪到我頭上。我懶得理會他。主要的錯誤是他太早命令開火。如果要再追究下去，就是涉及他家族的遺傳問題了。我不便多談。

這一役，我們真的殺了十二個目標，並將屍體轉交輕騎兵處理。

十一月五日，晴

敵人完全離開了我們駐紮的區域，少校下令全軍向南進發。我們一直往南走，始終未見目標蹤影。

十一月六日，晴

晚上，我輸了十二局牌。又是十二。真是不祥的數字。

曝曬的一天。沒有成果。

十一月七日，晴

作戰行動到了第五天，成果還是近乎零。少校的脾氣追趕著他智商的程度，一樣的糟糕。

中午，我們收到探兵報告，發現敵人在我們十公里以外。少校收到消息後，像發瘋了，下令把機槍裝上卡車。我們完全不理解他的想法。軍令是軍令。原來，他打算要我們開著卡車，以機槍掃射敵人。

我可以肯定路易士機槍是世界上最好的輕機槍，它曾經救了我的小命，但它真的不是這樣使用的。我們開著卡車，從後追殺敵人。我們卡車的速度，追不上對方，亂槍打鳥，哪會有好結果呢？

十一月八日，陰

收隊。

記者報導了我們的行動，一致負評，說我們白白花了二千多發子彈。上級問話，少校回覆：

「行動還在進行中，我軍沒有任何傷亡。」

下午，眾議院議員決議，要求我軍與槍支撤出戰場。理由是：「我軍花了不成比例的人力物力，只造成鴯鶓極少數的傷亡。」

＊如有雷同，實屬與一九三二年澳洲軍隊於西澳洲對鴯鶓的剿滅行動巧合。這軍隊行動，史稱「鴯鶓戰爭」（Emu War）。鴯鶓是現存世上第二大鳥類，僅次於鴕鳥，只在澳洲生活，也就是在澳洲國徽上與袋鼠並駕的那一隻動物。

40

◉ 你家的小狗叫什麼名字呢？

小腿傳來了隱隱約約的抽痛感，但我繼續以全速踏著單車，趕到西區的三十四街，不敢有半分遲疑，生怕犯人就是因為我的怠慢而逃脫。我感受到心臟正在激烈的跳動，這或許出於緊張，又可能是出於興奮，興奮於我終於等到這一天的來臨。

我來到了三十四街的街頭，而犯人的住所就在這一條單向道的街尾。這是我童年時長大的社區，錯綜複雜的街道曾經是我的遊樂場。我知道，如果犯人此時在家，他絕不可能在我目光以外的路線逃走。

我下了單車，放心慢下了腳步，一步一步走向街尾，既要享受這一刻的良好感覺，順便慢慢調節呼吸。我要讓自己可以在開門時的第一句說話，鏗鏘有力。我走到了目標的屋子，門牌上罕有的寫上了姓氏，那正是我要找的人。「終究是一個狂妄自大的人，竟然還有膽量在門牌寫上姓氏。」我心想。

「開門！」我叩門時叫道。沒多久，犯人來開門了，他見到我，一臉驚愕，說道：「請問，有何貴幹？」我展示了執法的證件，說：「教授，我們的工作單位有些事情想請教你，方便進去細談嗎？」

犯人是一名語言學教授，而他的家毫無特色的像一個語言學教授居住的家，佈滿書架和書、昏暗的燈光、暖色的牆紙。「要喝茶嗎？」教授問我。

「不用了，我們長話短說。」

「請講。」教授取出了煙斗，點了火，深深吸了一口。這還真是有夠造作的。我看著他，然後望到他身後牆壁上掛了一個獎狀，寫有「最佳教學獎」。

「我來是為了證實一件事情。」我禁不住心中的怒火問道。「上星期三，你有回到學校教書嗎？」

「有。我每一個星期三都有課。」

「那麼，你又有在堂上說了什麼笑話嗎？」

「哈哈哈哈。」教授笑了起來。「那肯定是有的。如果教書不說笑話，那我為什麼要教書呢？教書，就是為了確保有人乖乖的坐下來聽我說笑話嘛！」

我沒有理會教授的笑聲，追問：「那你記得自己說了什麼樣的笑話嗎？」

「很多吧！」

「例如呢？」

「喔，有一個是這樣的。」教授吐了一口煙說。「有天，妻子抱怨丈夫說，『為什麼我每次唱歌時，你都要走到陽台上去呢？我唱歌令你不愉快嗎？』你知道丈夫怎樣回答嗎？」

我搖了搖頭。

「丈夫說……」教授以帶有演技的聲線說道：「『不不，親愛的，我太喜歡你唱歌了，這是你優雅的嗜好，只是當你唱歌時，我怕別人誤會我在打你，只好走到陽台上，讓大家可以見到我。』哈哈哈哈！」

教授大笑了起來，而我繼續不屑的盯著他看。

「好了好了。」教授稍稍停下了笑聲。「我知道你不是來聽這個笑話的。那麼，我說一個你想聽到我說的笑話吧！」

「嗯。」

「話說，某一天，我們偉大的元首與幕僚長去到柏林電台廣播塔的塔頂。元首問幕僚長：『我真的想做些事情，讓柏林人笑逐顏開。』幕僚長怎樣回答呢？」

教授吐了一個煙圈，說：「幕僚長說：『那麼，為什麼你不從塔頂跳下去呢？』」

說罷，教授又大笑起來，而我想當然的控制好了臉部表情，冷冷說道：「那就對了。你說的笑話，跟指控一致，觸犯了元首的威嚴。我可以請你回局裡去了。」我終於露出了微笑。勝利的微笑。

我從沙發站了起來，而教授卻沒有做出任何動作，凝視著我。

「怎麼？我們可以起行了嗎？」我問。

「3D班，十四號。」教授說。

「你……你記得？」

「我記得。我當然記得你，你是班上最出色的學生。那一年，是我在中學教書最後的一年，之後我便到了研究院讀博士去了。你怎麼會變成這樣的呢？」

「怎樣？」

「變成了一個見到老師受迫害，卻露出笑容的人。」教授一臉認真的看著我問道。我感到納悶，他竟然還敢問出這樣的問題。

「什麼我變成這樣那樣？我變成這個我，也不就是拜你所賜嗎？」聽到我的指責，教授一時啞口無言，而我也忍不住要將多年來累積的怒氣傾瀉出來。

「我還真的沒有想到你會記得我。」我喊道：「還是，你會記得起所有你曾經欺凌的人呢！那麼，你應該記得在你臨走前的那一個學期，每一堂課！是每一堂課！你都拿我長得不對稱的眉毛當笑話嗎？」

那是十多年前的事。當時的教授是我學校的外語老師。我很喜歡這位年輕的老師，不但認真的上他的課，在課後還會跟他和其他同學一起踢球。直至自某一天起，他總是在課堂上以我的眉毛來開玩笑，惹得全班同學捧腹大笑。後來，他無聲無息的離職，但他對我的笑話卻留了下來。同學們繼續取笑我，藉此欺凌我。我不再喜歡上學，學業很快就跟不上，之後一塌糊塗的生活便不多說了。總之，我糟糕的人生，就是從他對我的取笑開始的。

「所以，你知道你的笑話是多麼的討厭嗎？你要因為你的笑話而入獄，甚至上斷頭台，也是罪有應得的！」我感受到胸口劇烈起伏。

「沒錯。」教授低下了頭，半晌之後才開口：「那時，我的確做得不對。我以為，我跟你熟絡，所以可以與你開玩笑，我又以為，讓全班同學一起笑著上課，是很好的教學方法，但我忽視了對你造成的傷害。那時，我太年輕，分不了輕重，令你傷心了，我很抱歉。」

霎時之間，我彷彿感受血液和淚水在全身滾動，我大叫了出來：「那你是承認，你以我的眉毛當笑話是錯誤了吧！」

教授皺起眉頭，緩緩說道：「那……個，取笑你，是錯的。但，你的眉毛真的很好笑。哈哈哈哈，你看，到現在，你的眉毛還是不對稱的可愛！太可愛了。哈哈哈哈！不過，話說回來，現在你家的小狗叫什麼名字呢？還是叫阿道夫嗎？你的上司又知道牠的名字嗎？」

*如有雷同，實屬與阿道夫．希特拉（Adolf Hitler）設立「第三帝國笑話法庭」的歷史巧合。「柏林電台廣播塔笑話」是一九四三年的一宗案例，最後說笑話者被判死刑。

41

海邊露天餐廳

那天，我回到父親的家，打算整理他的遺物，發現餐桌上有一張紙條，上面寫著「我不認同遺產分配，我的律師會聯絡你」。紙條沒有下款，也不需要下款。這像龍捲風一般的字跡、紙條的內容、可以自出自入這個老家的身份，留下紙條的人只可能是我的弟弟，比我少六歲的弟弟。

我走進父親睡房，查看衣櫃，將他的衣服一件一件放進尼龍袋。父親生前節儉，本來衣服就不多，患上長期病後絕少上街，就買更少衣服了。我從來沒有陪伴父親買衣服，每一次都是弟弟陪他去買，而我負責付帳單。這是我與弟弟的分工，我出錢，他出力，我在外面拼搏，他在家裡照顧父親。

那一晚，我打電話給弟弟，想跟他解釋事件的始末，但他沒有接聽。三天後，我在公司收到代表弟弟的律師來電。律師簡單介紹了自己。我沒有聽清楚他的姓氏。反正，律師確定了我是他要找的人後，就兀自稱呼我謂「哥哥」。

在電話裡，律師像日式商場門口的招待機械人一般自說自話，說我隔週會收到文書資料，建議我不要動用遺產，更不要作任何信託動作。他說了幾遍「哥哥，這些都是例行公事，別上心」，最後，他提出十天後午餐會面，他會陪同弟弟出席，也建議我請律師陪同。

「律師……」我聽完他一口氣說完後，說道：「我想告訴你一件事。」

「哥哥，請說。」

「我只有一個弟弟。如果我再聽到你叫我哥哥，有人會打扁你。」我掛斷電話。

我討厭自作聰明的律師，更討厭不預先做背景調查的懶惰律師。我的公司聘了兩個律師，一個是我在大學時的舊同學，另一個是他的兒子。我還有一個有法律學位的秘書小姐，她常常穿緊身的露腰背心上班。我沒有打算要他們陪同我赴約，我甚至沒有想請求他們的意見。這是我的家事，我只需要跟弟弟好好談論。

接下來的十天，我開始吃素。在父親離世後的第一天，我一個人跟禮儀師開會，忽然想到守孝一事。據說守孝，要守二十七個月，因為母親哺乳孩子花了二十七個月。我討厭這種充滿計算卻扮作道德的戒律。我不是真的要守孝，我只想為父親的死，作一種紀念。於是，我想到了戒肉吃素。

戒肉的生活比想像中困難。基於肉食者眾而素食者少的人口結構，素食者往往被要求解釋「為什麼你吃素呢？」而當有人這樣問時，發問者也不是真的想要知道答案，或關心你吃素的想法。

從肉食者（至少十個有八個）的眼神，你會清楚感受到他們蓄勢待發要在你回答後追問，「難道你以為吃素就等於愛護動物嗎？難道吃素肉不是自欺欺人嗎？」我花了兩天時間進行這個實驗：如果我答覆是宗教或環保理由，他們便會反擊式回答，說「果汁啫喱都有昆蟲成分」云云，但如果我直接答道：「我父親死了。」他們會立刻閉嘴。

戒肉的生活最難熬的是深夜時分。在白天，我忍受了一整天這個城市提供的劣質素食。我不是說這城市沒有美味的素食餐廳，但一般餐廳的素食供應也實在太差了，那根本就是一份取走了玩具和香腸的兒童餐，並直接給肉醬意粉走了肉醬的概念。更糟糕的是，到了深夜，特別容易餓。有說，肚餓便去睡，但肚餓睡不著啊！

到了第九天，我致電弟弟的律師，要求在我預訂的一間素食餐廳見面。秘書小姐說，這是一間藝人開的素食餐廳，食物質素受到好評。她還幫我訂了一個露天的位置，說那向海的景觀份外有格調。我跟那律師說了海邊露天餐廳的名字與地址，對方一口答應。我真討厭什麼都不講究的草率律師。

翌日，天氣預報說，中午間中有雨。我請秘書小姐更改座位，但回覆是「已滿，不能更改」。我不想再致電那律師，更不想一改再改約實了的餐廳，以免產生諸多麻煩的誤會。於是，我帶了一把黑色大傘，硬著頭皮出門。

我們約了中午十二點正在餐廳見面。我十一點十五分到達停車場，等到十一點三十分步行到對街的餐廳。侍應領我到了預訂的露天座。我習慣提前十五分鐘到達目的地，這是父親的教導，而弟弟習慣遲到十五分鐘。果然，在十二點十五分，弟弟以他的準時到達。

「抱歉，我們泊車遲了。」律師先開口說話。

「沒事。」我答。「先點餐。」

我要了一客牛油果三文治配薯條，弟弟要了沙律，律師要了茄汁焗素豬扒飯。遠處的天空開始昏暗，我心裡有點擔心。喀嗒一聲，律師打開了他的公事包，拿出了一堆文件，說道：「早前，我們這一方已經審視過令尊留下的文件。我們懷疑遺囑是在他神志不清時簽下的。我們好有勝算，但為免對簿公堂，我們這一方提出了一個合理的遺產分配提議……」

「你搬去哪裡了？租貴嗎？」我沒有理會律師的話，直接問弟弟。

「我可以應付到。」弟弟說。

「如果是短期租約，你搬回父親那裡好了。反正你也沒有搬走太多東西。」我意識到遠方的烏雲逐漸飄近。

「兩位……」律師插嘴。「要不要讓我先說一次遺產清單。因為暫時來說，令尊的物業是屬於哥哥的，我說的是暫時……」

「你閉嘴。」我冷冷的說道。「我在跟我弟弟說話。你要麼靜靜的坐著，要麼一小時後再回來。」

「喔，你還是這麼喜歡命令人。」弟弟對我說。「我們不是你的手下，為什麼要聽你說？為什麼我總是要聽你指揮呢！」

「性格吧，這是我性格的缺陷。」我說。

「為什麼你的性格缺陷是優點，我的性格缺陷就是缺點。為什麼？為什麼父親總是護著你、讚賞你？我可是那一個每天陪伴他左右的兒子，為什麼他總是看不起我？」

「父親愛你的！」這是我的真心話，「父親是怕你不善理財，到了晚年辛苦，才將遺產全給了我，讓我分階段給你」。

「那是什麼的愛！那分明是看不起我。」弟弟激動起來。

「兩位！」律師又插嘴。「說到了財產分配，還是讓我先……」此時，我感到眼角有一點濕潤，不是淚水，是雨水。接著，我看見一尾魚從天而降，在我眼前，從左上方四十五度切入，擊中律師的額頭。律師應聲而倒。

我抬頭望去，發現有更多的魚正在落下。餐廳外的人慌忙走避，餐廳內的人則擠著玻璃門看個究竟。我打開大傘，握著弟弟的肩，走出餐廳，跑到對街的有蓋停車場。到了對街，我收起大傘，看著魚和雨一起在面前降下，彷彿一幅雷內・馬格利特的畫作。

「我會將父親留下的遺產一次過給你。」我一邊整理雨傘，一邊跟弟弟說。

「你不怕我亂花？」弟弟狼狽地整理著衣服。

「亂花，也是你自己的事。」我說。「而且，這是我對你的信任。謝謝你一直照顧父親。辛苦你了。」

「哥哥，你好像變了點什麼似的。」

「是的。我現在是一名素食者。」說罷，有一尾魚掉在我倆的腳前。

＊如有雷同，實屬與一九六六年發生在澳洲悉尼北部的一次魚雨事件巧合。

42

盯著山羊看的人

外公在我印象中的模樣是一個步伐緩慢，拖著右腳走路的老人。他的鼻骨歪了，臉上的皺紋很深，但露齒笑的時候，散發著可能只有孫兒才會感受到的可愛。媽媽跟他的關係一般，沒有聽說有什麼仇怨，只是不怎麼聊天。如果只有他們二人同桌吃飯，整頓飯的聲音只可能是咀嚼聲，而事實上，他們不會容許只有他們二人同桌。

外公喜歡跟我相處，我也很喜歡外公。他行動不便，但樂於與我四處去逛。當我漸漸長大，外公跟我說的往事也越來越多。外公年輕時是一名軍人，而從軍的故事，除了血腥，還有不少奇遇。當中，有一個故事是外公重複說著的。

在一次行動裡，外公的隊伍需要去營救一班被挾持了的人質。人質是政府機關的員工，挾持者是一群蠻不講理的匪徒。在抵達現場後，上司開始評估情況，發現匪徒全副武裝佔據了大樓的關鍵位置，形成了完善的防守陣線。

在資訊不足的情況下，營救隊伍無法確定人質的具體數目，以及他們被困在大樓的哪一個地方。營救行動找不到可行的方案，談判專家的工作也不順利。匪徒提出了狂妄而不切實際的要求，而在公義與法治之下，談判專家連跟他們討價還價的餘地也不多。簡單而言，攻與守，都在一個膠著狀態。

事件一拖再拖，竟然拖延至以月計的時間。這關乎人命的事件，沒有因為其他新聞發生而從大眾的目光淡去，反而民眾的怒火開始蔓延，燒到了其他跟案件不相干的事情，藉此質疑當局的辦事能力。當時，局內有人主戰，堅持以強大武力攻入大樓，但這樣的風險是有機會造成大量的人質傷亡；而主守的人，則認為應該繼續等待，等到挾持者身心俱疲才攻之，但問題是等候的時間太長了，社會給予的壓力已經超出負荷。

「那怎麼辦呢？」我問外公。

外公反覆說著同一個故事，而我也會反覆問著同一個問題，因為我知道外公喜歡我問他，代表我正在好奇的用心聽故事。有時我會想，我每次在同一個節骨眼上問同一道問題，外公會否覺得我很假呢？但如果他留意到我一直重複，他又怎會重複說同一個故事呢？還是，重複說同一個故事的人，也是知道對方早已聽過那一個故事呢？那為什麼他們會明知道重複卻又繼續重複說？或許，這就像母親跟孩子說床前故事，故事書說完了，便重頭再說一次。

「這時候……」外公說。「上司派了一個奇人來幫忙。」

「奇人？」

「奇人。神奇的人，來自於一個奇怪的部門。」

「奇怪的部門？」

「這部門的名字也很奇怪，叫『盯著山羊看的人』。」

根據上司的簡介，奇人來自於一個不存在的部門，而唯一存在的代號就是「盯著山羊看的人」。這一班盯著山羊看的人，來自五湖四海，由極高層人士召集及聘用，而這群人的共通點是：他們有遙視能力，即千里眼。

這個秘密的軍方部門，存在了十多年，卻一直被禁止執勤，以免被敵國知悉。然而，這次人質事件牽連太大太深，以至上級決定首次派其中一名盯著山羊看的人上陣。

「盯著山羊看的人打開了我方掌握的大樓平面圖……」外公說道。「然後，以紅筆、藍筆、黑筆在圖上畫起來。他閉著眼睛，以千里眼透視大樓的情況，並在圖上畫起來，彷彿不用看圖則，也能準確下筆。紅色代表敵人，藍色代表人質，黑色代表炸藥陷阱，一清二楚。

「我們跟隨盯著山羊看的人的指示，編定了進攻路線，列出了十五個可能有所埋伏或陷阱的猶豫點。盯著山羊看的人跟我們說：『敵方不斷在移動，我們必須以對講機保持對話，見機行事。』上司與我都同意他的說法，接著我便帶領突擊隊，按照設計好的基本路線攻入大樓。

「我們的突擊很順利，跟著盯著山羊看的人的指示，僥倖地避過第一道防線，接近了大樓，到達了第一個猶豫點。那是一左一右的兩道門，我們需要知道哪一道門的背後有較少敵人。那時候，盯著山羊看的人下了命令：『右邊的門，右邊沒有敵人與陷阱！』」

於是，外公打開了右邊的門，故事也完了。這便是外公為什麼退役，並從此拖著右腳走路的故事。

＊如有雷同，實屬與美國國防情報局（DIA）的「星門計劃」（Stargate Project）巧合。星門計劃，又被人稱為「the men who stare at goats」。計劃自一九七八年成立，運作至一九九一年，曾經涉及協助伊朗人質危機事件。計劃在一九九五年被官方解密，而美國中央情報局（CIA）的報告指出，「星門計劃在任何情報行動中都沒有用處」。

43

◉ 哭泣的小孩

我將畫作，正面朝下的放到車尾箱，用力關上，轉身回到車上，開車往南去。

回想當天，我在雜貨店第一次看到這幅畫時，它靠著一座落地鐘。我對藝術一竅不通，本來打算在過冬前找一兩件厚毛衣，卻竟然被這一幅畫吸引了。我喜歡畫中的小孩天真無邪的模樣，喜歡他一雙水汪汪的眼睛，尤其臉頰的那一滴淚，讓我想起女兒小時候撒嬌要買糖果的歡欣時光。

我跪下來細心看畫，手指輕輕撫過畫作的木框。「真想念女兒的笑臉」，我心想。我決定將這一幅畫帶回家，店員說畫作是一幅複製畫，提出了一個合理的價錢。成交。他的假笑像極了收銀櫃邊的一個小丑洋娃娃。我問他，「這幅畫有名字嗎？」

「當然。」他找續零錢，說道。「來自一位著名的意大利畫家。畫作叫『哭泣的小孩』。」

「真是好名字。」我敷衍答道。

當天，我將畫作放到車子後座，開車到市場買菜和麵包。沿路開去，我透過倒後鏡望到畫，望到這個哭泣的小孩，彷彿在哭，卻又像假哭。我記得，當女兒三歲半時，因為年紀太小而不能坐前座，常常獨自一個坐在後座陪我開車，車程遠了，她便撒嬌的哭起來，哭著哭著，就會在後座睡去。

老媽的家在市場附近，我順路買了一些日用品給她，也存心想給她看看剛買的畫作。老媽知道我只是路過，便走出前庭車路來迎接我。老媽擁抱我，輕啄了我的臉。

「我在雜貨店買了一件好東西。」我說。

「又亂花錢了？」老媽笑說。

我打開了車門，拿出了剛買的畫。老媽看到畫，雙手握緊手肘，聲音拘謹地說：「寶貝，我大概想到為什麼你要買這幅畫。但是，但是我不喜歡。你可以把它退回去嗎？」

「怎麼了？」

「我的兒子，這幅畫不會令你變得開心的。」

我將畫作放回後座，跟老媽多說了幾句，便打發了她回屋子。我坐回車座，望向倒後鏡，見到畫中哭泣少年的臉頰彷彿多了一滴淚。我跟自己打趣說，「你肯定是因為老媽的話而傷心了，別放在心上」。

我叫畫作不要將老媽的說話放在心上，但她的話卻在我心中蔓延開去，佔據了我的意念。我有不快樂嗎？我還有不快樂嗎？為什麼我要買一幅畫來教自己快樂？我不是在振作好好過日子嗎？一個分神，我差點開車撞上了轉角的一棵樹。最後，我總算帶著畫，安全回家。

畫作應該掛在家裡哪一處呢？我帶著畫作，在家裡走了一圈，就像一次家居導賞一般。最終，我將畫作掛在客廳的壁爐上。掛好了畫，我仔細看清楚畫作，發現在回程上看到的那一滴眼淚不見了，「對，本來就沒有那一滴淚，肯定是我看錯」。

我回到房間睡去。深夜，我從惡夢中醒了過來，發現屋裡充斥了煙霧。我到客廳走去，壁爐與附近的牆竟然起火了。我嚇了一跳，趕緊救火，費了一點力氣總算將火撲滅。我心裡感恩，幸好及時發現，火才沒有完全燒起來。我再看一看畫作，只發現木框有點熏黑，哭泣的小孩安然無恙，眼角卻大概因為高溫溶掉了顏料的緣故，多了幾滴淚。

我順手帶著畫作回到睡房，放在衣櫃旁，心裡嘀咕「又要花錢裝修客廳了，幸好沒有波及其他房間。這都怪自己沒有弄好爐火」，我想著想著，又睡去了。翌日醒來，我便去打理那一道熏黑的牆壁，而畫作便一直留在睡房的衣櫃旁。

我告訴自己要振作，要回復正常生活。長假期完了，我回到工作崗位拼搏，早出晚歸。甚至沒有花很大的心力裝修客廳，只是在熏黑的牆上刷了兩次油漆，終於令到整面牆亂七八糟。我每一次看著那一面牆，總是哭笑不得，反正工作忙，我盡量減少自己在客廳停留的時間就好了。

直到數月後的某一天，我在辦公室看報紙，讀到了一則新聞，再一次打破了我平靜的生活。我請了半天假，立即開車回家。我跑回睡房，拾起了衣櫃旁的畫。我用手掃了掃畫上的灰塵，比對了報紙上的圖片，果然是報導中的畫作。那一瞬間，我感覺到自己害怕得臉色倏地刷白。

「沒事的。」我安慰自己說：「明天，日子就到了。讓這畫多留一個晚上，不會有什麼事的。」

我將畫作帶到後園的木工房，放在門邊，便回到家裡。那一個晚上，木工房在深夜起火了。

這次的火勢比上次壁爐的起火猛烈多了，火勢雖然沒有波及鄰居，卻也忙了消防員兩個小時。火滅了以後，消防員來指點了我一回，又安慰我說：「木工房都燒光了，卻幸運地沒有燒到這幅畫。」我從消防員手中接過畫作，頭也不回，便跑到車房。

⌘

我將畫作，正面朝下的放到車尾箱，用力關上，轉身回到車上，開車往南去。

我太害怕了，太害怕這幅畫。我開車往南去，駛向報紙指示那一個集體銷毀畫作的目的地，報導估計，「將會有過百戶受影響家庭到場」。

我再一次在倒後鏡望向後座，空空如也的後座。我覺察了一下自己的內心，我已經分不清楚那一份感覺，是恐懼，還是空蕩蕩。

＊如有雷同，實屬與一九八五年九月四日，英國《太陽報》報導「哭泣的小孩」複製畫的集體銷毀事件巧合。

44

◉ 預期自我暗示的殺傷力

當館長邀請我前去檢查那顆小石像的詛咒力時，我還以為又是什麼多疑的個案。在我的經驗中，百分之九十的所謂詛咒，都是心理學上的「預期自我暗示」。換言之，當我們覺察到「被詛咒」以後，便會將注意力放在倒楣事之上，並將大大小小的不如意看成詛咒。

舉例來說，在我前往查探小石像的那一個早上，我從巴士下車，踏上博物館門前台階的第三步時，錯步踏上了自己的長裙，摔了一跤，閃了腰。難道這是小石像給我的警告嗎？我不相信。我不是不相信世上有詛咒這回事，畢竟我知道有，但我不相信小石像的詛咒力可以攻擊尚未見面的人。這是常識。

但，那小石像的確可以詛咒觸碰過它的人，包括我、館長、文物攝影師、展場職員、材質鑑定專家……

如今，我要跟大家分享我如何制服這個小石像的故事。

這小石像有一個不合乎其外表的可愛名字，謂「小曼尼」。這名字的由來不可考，但館長估計命名者希望以可愛名字稱之而減低它的恐怖感。小曼尼是一塊七厘米大的小石像，呈球形。從正面看，它像一個有著寬額頭的男子，禿頭、眼細、鷹鼻、大鼻孔，而與頭部一比一大小的矮小身體長有一對像手臂或翅膀的軀塊。從側面看，它像公羊的角，也像陽具。

小曼尼在老舊村落的地下室被發現。那地下室置於一座十七世紀建築的紳士俱樂部。當時，一名清潔工人被指派去打掃俱樂部底層。她在清理地板時，無意間發現小曼尼的一角露出地面。她掘起了小曼尼，而當時的小曼尼全身塗著綠色的漆。

或許是清潔工人的本能，她用心洗掉了小曼尼身上的綠漆。此事令到後來接手的考古學家大為光火。反正，清潔工人發現了文物的消息，不久便在村內傳開。考古學家與歷史教授到了俱樂部現場調查，才發覺小曼尼只是一組文物群的一部分！

教授發現，俱樂部的地基有一組以器物排列的儀式陣。小曼尼是這個陣的其中一件器物，置於一圈蠟燭之內，而圈內還有雞、兔子和不知名動物的骨頭、象牙製的女性雕像，以及一些木塊。

在古時，詛咒物的下場往往是被送到各種宗教場所或神聖空間。到了現代，詛咒物的目的地一般是博物館，其邏輯大概是：若然詛咒物集中對付一名物主，其威力無窮，但若然是送到博物館，物主是公眾，詛咒物的力量或許得以分散、減弱。

總之，小曼尼在村落造成一連串小風波後，輾轉移送到博物館。然而，博物館的公權力還是敵不過小曼尼的詛咒力，它傷及了博物館的各人。於是，館長兼我的好友便請我去協助。

館長安排了我在館內的會議室與小曼尼見面。我步入會議室，館長尾隨，而小曼尼早已在桌上。「你這樣的安排，令小曼尼成了主人家，我們成為了客人呢！」我忍不住責備館長。

我們坐下，館長給我遞上了一份小曼尼詛咒事件的清單，但為免犯上「預期自我暗示」的錯誤，我拒絕閱讀那一份清單，而嘗試以親手接觸，來判斷小曼尼的詛咒力。果然！當我一手握著小曼尼時，立刻感到右側腰部的一下痛楚，痛楚直接跳到腦袋，傳來一波一波的腰痛和頭痛。

從外表來看，小曼尼屬於凱爾特人的信仰系統，我大膽以相應的儀式抑制它：我將小曼尼放於腿上，以雙手安撫它，然後拔掉我的長髮來纏著它的身軀。

「這樣就成了嗎？」館長問。

「誰知道。但這是我認為最能夠抑制它的法術。」我說：「我感覺到它的詛咒力相當強大，怨氣很深，好大殺傷力。希望法術有效吧！」

「經你一說，才發覺它的詛咒力可能真的很大。幸虧有你。」

「不客氣。舉手之勞。」我說。然後，我打開了館長預備了的小曼尼詛咒事件清單，如下：

攝影人員：有連續十八年完美駕駛紀錄的他，在給小曼尼拍照後，連續兩晚擦撞了車尾。

館長：在嘲笑小曼尼矮小之後，意外弄傷了大拇指。

展場職員：在小曼尼的展場，意外撞傷了前額。沒有流血。

材質鑑定專家：在帶小曼尼前往倫敦檢驗的火車途中，如廁時發現褲子拉鏈壞了。

＊如有雷同，實屬與收藏在英國曼徹斯特博物館的藏器「小曼尼與父的角」（The Little Mannie with his Daddy's Horns）的「詛咒事件」巧合。藏品展出時，依然纏著數根頭髮。

45

價值八千元的名聲

「當時，小詹只有十八個月大，我帶他到了一間飛機博物館。當我們走到了一架二戰軍機前，小詹停下了腳步，不願再往前去，腳板像釘了在地板一樣，沉醉地細看那一架戰機。試問一個十八個月大的小男孩，怎會對一架二戰戰機有興趣呢？」胡父對坐在身旁的小詹說道。「對吧？小詹。」

小詹六歲了，他正在與父親胡父出席自己的新書發佈會。這名副其實是「小詹的新書」，因為書中講述了小詹轉世自一名二戰戰鬥機飛行員的親身經歷，而作者是他的父親胡父。新書發佈會的宣傳單張，節錄了書中的一個段落，如下：

「自兩歲起，小詹經常半夜扎醒，說自己發惡夢。小詹的語言天分很高，孩童時已經可以有條有理描述夢境，彷彿語言不是學習而來，而是與生俱來。兩歲的小詹跟我們描述他的夢境，而夢境總是一式一樣，夢見一架戰機墜毀，一個男子逃不出機艙。

「起初，我們都不以為意，以為只是小孩在白天玩得太興奮，於是在晚上發惡夢，豈知道小詹的惡夢一直沒有停止，而他也開始將夢境畫成圖畫（見圖一至三）。畫中，我們可以清晰見到二戰時的老式飛機（見圖四）、戰艦（見圖五）、國旗（見圖六）。後來，我們好奇，問小詹能夠再想起什麼嗎？我們發現，那些關於二戰的片段，不只存在於小詹的夢境，還在他的記憶。小詹告訴我們一個名字，大詹……」

新書發佈會就是一場實體的宣傳片，邏輯跟電影的宣傳片一樣。有自信的導演，不願意在宣傳片中透露細節；沒有信心的監製，會將電影最好的片段全放於宣傳片，希望宣傳片剪輯得比電影本身更好看；有本事的宣傳部，會推出一條跟電影本身關係不大，卻成功創造了懸疑，誘導觀眾入場的段子。胡父屬於「沒有信心的監製」的那一個類別。

在會上，小詹靜靜的在桌上繪畫，畫出他見到的在場觀眾，一共有五個。胡父拿起咪高峰侃侃而談，大談書中內容，說道：「小詹告訴我們，他的本名是大詹。他們二人的名字竟然都有『詹』字，這差一點嚇壞了我！」

「原來，小詹的上一輩子是一名飛行員。」胡父繼續說：「他曾經參與硫磺島戰役，但不幸被炮火擊中，他來不及逃生，便隨著戰機葬身大海了。試問一名兩歲大的小孩，怎會知道這些事情呢？對吧？」

一名現場觀眾舉手。他是一名衣著有點破舊的老先生，他問道：「你怎樣知道小詹說的內容，不是在電視看到的，或在書中，甚至在哪一間飛機博物館讀到的呢？」

「哈哈哈哈。」胡父大笑了四聲。「這位老先生，你太幽默了！你認為一名兩歲小孩，可以讀懂文字，而且能夠說出那麼多細節嗎？」

「你不是說小詹的語言天分很高嗎？」老先生頭髮稀疏，臉容衰老，但聲音倒是洪亮。

「我們已經跟官方資料比對過，證明小詹說的都是實話！」胡父察覺到老先生來者不善，搬出了早有準備的說辭。

「小孩子就坐在這裡。我才不想說一些傷害他的說話。我沒有懷疑小孩的話，因為他不知道那是什麼。」老先生神氣地說。「我是質疑你們用了孩子的說話來騙人！」

「老先生。請你冷靜一點。小詹的事實在神奇，神奇到很難叫人信服。但容許我告訴你一件更神奇的事。」胡父按了一下電腦滑鼠，身後熒幕上的簡本翻了一頁，顯示了小詹與一名禿頭老人的合照。

「你們知道這位與小詹合照的慈祥伯伯是誰嗎？」胡父故弄玄虛說道。「這位伯伯就是當年大詹的同袍。當伯伯與小詹第一次見面時，他一眼便從小詹的眼睛認出了大詹的神情！當年，伯伯與大詹出生入死……」

「胡說八道！」台下的老先生站了起來。「湯姆算什麼大詹的同袍？我們玩牌時，他只有圍著看的份兒！胡說八道！我跟大詹一起進軍校，一起訓練，一起出戰，不知道經歷了多少事情。難道我會認不出他嗎？我不會讓你們侮辱了大詹的尊嚴，我會跟傳媒說出事實的真相！」老先生說罷，步履維艱的往洗手間走去。

編輯見場面尷尬，到了台上打了一個圓場，「感謝胡父與小詹的分享，多謝來臨的讀者踴躍參與」，並報告了即場買書的折扣優惠云云。小詹始終以同一個姿勢在畫畫，而胡父待編輯說完之後，便走到了洗手間。

胡父打開洗手間的門，見到剛才的老先生站在小便斗前，正以左手按著牆壁解手。胡父施施然走到老先生旁邊的小便斗，說道：「老先生，你是大詹的好戰友呢！」

「廢話！你們都不知道我跟大詹是何等的親密。我們在軍隊時，可是分享同一張上下格床呢！」老先生氣說。「我要跟你說的，都說完了。你要不就收回你的書，別害了大詹與小孩的名聲。否則，我不會坐視不理。」

「是的，是的，當然不能坐視不理。人老了，坐得太久，就沒力氣再站起來呢！」

「再見。」老先生拉回褲頭，準備洗手去。

「老先生！」胡父一邊拉褲鏈，一邊說道。「老先生是大詹的好戰友。小詹在發夢時，也有夢見你的片段呢！」

「是嗎？那你說是什麼？」

「喔，是這樣的。小詹夢見大詹跟你有一場牌局，就在大詹戰死沙場前的一晚。對吧？」

「你繼續說。」

「小詹說，大詹輸了你那一個牌局，還欠了你那一局的錢呢！對吧？小詹沒有弄錯吧？」

「哎，好像……有……吧？」

「就是這樣。那個錢大概是多少來著？嗯，老先生你記起了嗎？」

「哎。三千？還是，五千？」

「八千！」胡父說道。「對，小詹說，八千！對吧？老先生。」

洗手間內，那兩名男子正在了結他們的對話，洗手間外，書店職員忙著收拾場面，而小詹還在台上畫畫。在畫上，小詹畫了一張上下架床，上架床有他經常畫到的大詹，下架床則是一名年輕男子，手中拿著撲克牌。

＊如有雷同，實屬與美國海軍飛行員詹姆斯．休斯頓（James M. Huston）的轉世故事巧合。

46

設定的任務已完成

「預言是未來人的歷史考試。在這一門預言科，答題命中率不是關鍵，關鍵在於是否提供可以令大眾記得、傳播、證偽的答案。」

T先生坐在時光機的座艙中，一邊讀著《時光旅行手冊》，一邊觀察正要回到的世界。這個世界和他生活的二〇三六年已經大不相同。他看到一些熟悉的事物，如樓房、塞車、乞丐，但也有很多他在博物館才見得到的東西，如有線電話、報紙、派牛奶的少年。他想起了自己的任務，他必須在一九七五年找到一部五一〇〇號電腦，然後將它的一組編碼帶回二〇三六年。

T先生開動時光機，看著窗外的時間和空間

扭曲，轉眼便來到了一九七五年。

在一家電腦店裡，他輕易找到了一部五一〇〇號電腦，並成功將那一個在二〇三六年遺失了的系統碼複製出來，轉移到U系統，送往二〇三六年的終端器。這個看似微小的動作，成功解決了二〇三六年的一場數碼生態危機。

T先生的第一個任務完成了。他決定再多做一件事情——回到二〇〇〇年。

為什麼T先生要回到二〇〇〇年？豈不是那個老套的理由：為了親眼目睹父母的容貌。沒有人知道T先生這樣的操作是否得到軍方的認可，又或是作為他成功完成任務的獎勵，但我們知道的是T先生的父母在他三歲時車禍過世，他想見一見親生父母，而這麼簡單直接的理由也是一般人能夠理解的。

一般人不能理解的，是T先生回到二〇〇〇年後，在互聯網上留下了一些資訊，他非但沒有隱藏自己作為時間旅行者的身份，更加以「T先生」的名字（他也曾經用上其他名字），跟網民解釋時間旅行的機制和多條時間線理論，更分享了時光機的局部照片。

T先生的「C204時間移動」機器是由電氣公司製造的。他說，在二十一世紀三十年代，時間旅行不再是軍方專用的科技，而是一般人也可以（付出高昂價格）享用的技術。T先生的時光機，安裝在一輛一九六六年製的古董黑色敞篷車。換言之，這輛車就是他時間旅行時的座艙（而神奇的是，當時光機正在操作時，車子的引擎是不用發動的）。

除了解釋時光機的細節（並附有零件示意圖），T先生還有回應網民的需求，作出了不少預言，例如他預言了微型黑洞的發現、瘋牛症的落幕方式、新教皇的誕生、多場外交與戰爭的結果等等。隨著T先生的預言一一兌現（有些是在他離開後才應驗的），這名時間旅行者的追隨者數目越來越多，甚至成為了一個網上的類宗教組織。

當然，T先生的預言，也有不準確的時候。他回應批評者的說法是：「作為二〇〇〇年代的人類，你們會記得起一九九八年十一月二日，在某國某市發生的那一場足球比賽的比數嗎？」讀到T先生的留言，他的追隨者更加雀躍，強烈感受到自己的偶像是一名有血有肉的真正人類。

正當追隨者希望T先生能夠給予人類更多預言與啟示之際，T先生宣布他在此停留四個月的旅程要結束了。T先生在網上留下了一段他踏進正在運作發光的時光機之短片，以及最後一句留言「設定的任務已完成」，便從此消失了。

T先生的消失，震撼了他的追隨者。他們紛紛留言，期待T先生再次出現，有些狂熱追隨者更試圖在當代找出還在青年時期的T先生。數月後，網上又出現了其他有趣的資訊，很快就沒有人再談起T先生。

⌘

在一所名牌大學的「科技創新研究室」裡，一班來自外交關係科、物理系、電子工程系、醫學院的高材生，正圍著一部電腦七嘴八舌。語言學系的學生，代表這個跨學科研究團隊敲打鍵盤，為這次實驗計劃結案，最後寫上「設定的任務已完成」。這實驗計劃的名字是《一名時間旅行者在互聯網出現所產生之群眾現象研究》，計劃編號是「1998200020036」。

＊如有雷同，實屬與二〇〇〇年在網上出現的「未來人約翰・提托（John Titor）」事件巧合。

47

往車窗外吐

布羅與森帶點微醺的嘻嘻哈哈步入酒吧。這一間愛爾蘭酒吧是他們兩人的聚腳點。每一次他們在布羅家吃過晚飯、看完球賽，或玩完牌局，他們都會來這一間酒吧再飲幾杯。

酒吧正在播放尼克．凱夫的〈The Mercy Seat〉，布羅與森在深處的角落坐下。他們喜歡坐在這個喇叭下的角落，喜歡響至接近令人頭暈的音量，更喜歡從此角度望向桌球枱，看著男男女女打桌球。布羅與森一邊談論男的球技與女的身材，一邊喝著啤酒，談一些有的沒的。

這是他們的日常娛樂，而他們最大的嗜好是車。他們這一對朋友之所以相識，就是因為車。當時，森來到改車店買零件，剛巧遇上正在兼職打工的布羅，兩人一見如故，就成為了好友。

森是紙上談兵的愛車人士，買零件、買雜誌、看賽車競速的網頁和資料，而布羅是喜歡親自動手的人，他從汽車工廠的保安做起，終於成為了一名工程師學徒。

「剛才哈斯轉彎過頭的路線，也未免太準確了吧！」森啜了一口啤酒說。

「我只是想不明白他的輪胎硬度是如何承受這樣的耗損。」

「這是你的問題。哈哈哈哈，我是觀賞者。」

「你是不求甚解的觀賞者。」布羅說。

布羅重提舊事，又說了一次森曾經改錯車輪的事件。五年前，森試過一次動手改裝家用車的車輪。他貪其外觀亮麗而買來的車輪，根本在結構上不適用於他的車軸。森一知半解的裝上，駛出車道不夠五分鐘，車輪便飛脫了出來，整部車就這樣擱在車道中央，車輪滾到車道末端，成為了小社區的年度笑話。

「真的要每一次都重提嗎？」森笑著說。

「你的成名作啊！」

「那麼，你在大衛家把人家床鋪當成馬桶的成名作，我又要說一遍嗎？」

「所以我說，不能混酒喝！那一次，我就是混了酒喝。」布羅一口喝乾了啤酒，燃起了一支菸。「啤酒好，喝多少都不會醉。」

森沒有跟布羅聊下去，走到桌球枱跟一名女子搭訕。那名女子微胖，有一雙溫柔的眼睛，是森喜歡的類型。布羅獨自坐在角落，喝他第三杯啤酒，觀察森與那名女子的唇形，想像他們正在談什麼。布羅自得其樂。

「你家……三個女……死?哈哈哈哈，他這個白痴在談什麼，怎麼會談到死人來呢？」布羅心想。此時，布羅見到女子那塗玫瑰色口紅的嘴唇說了一個字，他看不出這個字是什麼，而森隨即輕輕蹙著眉頭走回角落。

「怎麼了？」布羅問。

「還用問嗎？」森一口乾盡了剩下的半杯啤酒，又點了新一輪。

「我就是說你要不要載美女回家。」布羅取笑他說。「我可以叫爸爸開車來接我。」

「收聲吧你！」

「哈哈哈哈，你怎麼又失敗了。」

「我哪有。」

「你跟她說了什麼？」

「沒有什麼。她跟我說，她中午時去了一趟商場。然後我說，我剛好讀到一則關於商場的新聞。」

「商場的新貨？」

「新聞！」森在布羅耳邊大喊。

「哎，新聞！什麼新聞？」

「我讀到有一個六歲男孩被商場的旋轉門夾著頭部，然後死了。」

「哈哈哈哈，你這個瘋子。」布羅大笑。

「好笑吧？千真萬確的新聞！她居然不覺得好笑。」森與布羅一同大笑起來。

布羅與森繼續天南地北，又與酒保搭訕，說起了賽車競速起源於禁酒時期走私威士忌的歷史。當時，車手在東部販賣威士忌，成了第一代的跑單幫。布羅與森津津樂道，酒保聽得大喜，又請了他們喝了兩杯波本酒。

布羅與森喝到了凌晨時分，埋了單，趔趔趄趄走到燈火零落的街道取車。車子停在濕漉的碎石路上，森先上車，布羅探頭進車窗問：「你確定是你開？而不是我開嗎？」

「少廢話。」森說。「你記得，你要吐時，請往外吐！別弄髒車子。」

「廢話。」布羅回答，轉入車廂。

布羅與森的家就在同一條街，所以一起出入都只開一部車。布羅的開車技術比較好，一般情況下，出入都是他來開車。酒吧離他們的家不遠，又是熟悉的路，再加上森想作弄一下早已酒醉的布羅，便在短距離的幾個彎道高速入彎。

來到小區前的最後一個彎道，坐在副駕座位的布羅果然忍不住反胃，轉身往車廂外嘔吐。森大笑起來，駛入小區，慢慢將車子停定於家門前，拍了拍布羅的背說：「慢慢吐吧，吐完就好，我先回去睡了。」森下了車，步履踉蹌的回家睡去，留下了布羅的半個身子掛在車外。

翌日，早上七時多，一名母親帶著幾歲大的孩子在小區散步，見到了布羅的無頭屍掛在車外，車身與車門滿是血跡。其後，警方證實，在車子高速行駛時，布羅的頭顱被車外的一條電線割下了。

＊如有雷同，實屬與發生在二〇〇四年於美國亞特蘭大市的一宗交通意外巧合。

48

上古英武有名的人

鐵路橋底的燈光，產生了強烈的明暗。在那片陰影之中，隱約看到兩個人影，一動一靜，靜的人影像一塊用來洗碗的桌布一般，沒有半點氣息，而伏在他身上的那一個動的人影，嘴裡發出令人毛骨悚然的吧嗒聲。那是嚼食血與肉的聲音。

在微弱的光線下，人們理應看不見畫面，卻憑著牙齒撕裂血肉的吞嚥聲，彷彿見到血液在他的嘴裡流淌。潮濕的空氣瀰漫著一陣腥臭的氣味，而在燈光照射到的位置，就是那有光的乾燥地上，沒有別的東西，只有一本聖經。

阿金是如何成為了一個在後巷襲擊露宿者的

食人魔呢？眾說紛紜。

⌘

警方聲稱，阿金沒有精神病記錄。自十六歲起，他有多項傷人、盜竊、藏有大麻等的相關指控，在五年內被拘捕了七次。事發當日，街上的攝錄機拍到阿金離開自己的車子，沿著公路走，一邊走一邊脫衣服，直至全身赤裸。阿金走到鐵路橋底時，突然丟下了聖經，撲向並以牙齒攻擊一名露宿者，咬掉了他的眼球、眼皮、鼻子。警方隨即到達，向阿金開了一槍，但中槍後的阿金繼續咬著流浪者不放。在中了五槍後，阿金才當場死亡。警方說：「他肯定是吃了毒品而發狂。」這說法主導了傳媒報導的方向，但死亡報告沒有證實這一點。

阿金的母親說：「希望上帝會赦免他的罪。」根據母親的說法，阿金確實會情緒激動，更試過差一點對她動粗而被警方以電槍拘捕，「但他從來沒有真的動手打我」。阿金從小跟隨母親回教堂。在他八歲的時候，母親送了一本聖經給他，告訴他：「人生有什麼問題，都可以讀聖經找答案。」

「他覺得世界上所有人都與他為敵。」阿金的前妻說：「他有暴力傾向，但老實說，他只會對死物發洩。」

阿金的現任女友說，那天早上五時，阿金對她說要去見一位朋友，隨後帶了聖經與抄寫經文的棕色筆記本出門。「『為什麼晨早五時見朋友呢？』我應該問他的，但我竟然沒有問。在中午時，阿金打了電話給我，說車子壞了，要晚一點回來。我聽到他說的最後一句說話，是『我會回來的，我愛你』。他一定是中了巫術。」

洗車店的同事說：「阿金是風趣幽默又樂於助人的同伴，他勤奮上進。我無法想像他會襲擊他人。」

⌘

地上的聖經，打開了，停留在〈創世紀〉五章：「以諾活到六十五歲，生了瑪土撒拉。以諾生瑪土撒拉之後，與神同行三百年，並且生兒養女。以諾共活了三百六十五歲。以諾與神同行，神將他取去，他就不在人世了。」

以諾沒有死去，卻被神直接取走。誰是以諾？

以諾是亞當的第七代子孫，也是大洪水中製造方舟的挪亞的曾祖父。以諾與神同行三百年，將所見所聞寫成了〈以諾書〉，書中記錄了神從天堂派來了二百名天使來守望人間。後來，天使與人間女子過上了淫亂的生活，生下了一堆巨人，也是聖經有記載的「拿非利人，他們就是上古英武有名的人」。這些巨人食量驚人，迅速消耗了人類的糧食，最後不得不去吃人類的肉，飲人類的血。

這故事跟阿金咬人有什麼關係？不知道，正如所有人的供詞也沒有解釋到阿金為何獸性大發，一切不過是自說自話，如同我們文明的發展軌跡。

＊如有雷同，實屬與二〇一二年魯迪．尤金（Rudy Eugene）的「邁阿密食人案」巧合。另，〈以諾書〉一般被視為偽經，並不收錄在正統《聖經》。

49

◉ 懷著鎖匙扣的應援團

「啪！」父親將掛著鎖匙扣的手機重重地擲在老師的桌上。「這是怎麼的一回事？你們學校是怎樣教導我兒子的！」父親憤怒地指責老師，十歲多的男孩靜靜站在一旁。

兩年前，老師從大學畢業，主修教育，副修兒童心理學，然後第一份工作便是來了這間私立的寄宿學校。雖然她年輕，但實戰經驗豐富，她見過太多無理取鬧的家長，也明白不少學生的調皮或過分表現都源於家長的不當行為；加上，她一直認為這男孩是班上的乖孩子，於是氣定神閒的答道：「無論是什麼事情，在孩子面前，我們大人還是要冷靜一點說話吧！」

面對老師的溫文爾雅，父親無可奈何，不知道如何進一步發洩怒火，只好盡量壓低聲線的說道：「我努力工作，將孩子送到你們學校來，是為了讓他得到最好的教育，成為一個正直的人。你們怎可以讓他變得這麼奇怪呢！」

「謝謝你的信任，也謝謝你明白教育的重要，但他怎樣奇怪了？」

父親拿起剛才摔在桌上的手機，翻開來給老師看。「你看一看。你看看在他手機上的是什麼樣的照片。」

老師接過手機，滑過相簿，屏幕上出現了一張又一張刺激視線的照片。照片上，有一個豔麗的女郎穿著各種性感的衣著，擺出不同的撩人姿勢。滑到後面的照片，這女郎甚至脫掉了上衣，露出了赤裸的上半身。

老師大概明白了這是什麼的一回事，便請了男孩到外面走廊等候。老師跟父親說道：「我十分明白你的震驚。但同時，我也希望你不要認為自己的孩子成為了一頭野獸，甚至一個惡魔。我們先冷靜審視一下現況。」

「什麼意思？」父親冷冷說道。

「首先，你看清楚一點。這些照片都是網絡上的截圖，有些是轉發而來的，有些則是來自網上論壇。」

「這代表什麼？」

「這代表他沒有真的認識這個女子，甚至不涉及性交易之類的問題。他只是純粹的對性好奇，對女性的身體好奇。對於青春期的孩子，這是正常不過的事，你自己也應該經歷過的，何必大動肝火來責備他呢？」

「我們青春期時，最多便是看看情色小說，性幻想一下，怎會像他這樣變態呢！他不但存了一堆這樣的照片，而且……」

「你冷靜一點。」老師打斷了父親，說道：「時代不同了。他們這一代是網絡與視覺的動物，有時連日常對話也是用上動態圖片而不是文字，何況性需求呢？我們要好好理解他們，才能與他們溝通。」

「我不是不想跟他溝通，但這個不是一般的女生！」父親說。

「不是一般的女生？這輪到我不明白了。你是說，她是性工作者嗎？」

「不是，不是。」父親從口袋裡，拿出了一疊照片。「你自己看一看就明白。」

老師翻看照片，發現同樣是剛才的那一名女子，但在這些照片上，女子的言行正如一般人一樣，沒有裸露，沒有性感，只是普通的食飯、看電視、化妝、敷面膜，唯一的問題可能是她吸菸，另外還有兩三張是跟一些警員在一個類似聚會的場合合照。老師一邊看一邊說：「我看不明白。你是說孩子去偷拍嗎？但這些不像偷拍照。」

「不是！這是他花錢買的。他把這女子當成偶像了！這才是問題所在。」

老師恍然大悟，原來父親擔心的是兒子花錢追星的問題。追星，也是青春期必然經歷的事，又說這是連上了年紀的人也會有的行為，只是有的人追藝人，有的人追運動員，有的人追歷史人物，就連老師也有追星，她是一名作家的狂熱粉絲。同一本著作，她至少會買三本，一本看，一本收藏，一本送給朋友。

「其實啊……」老師笑說：「追星，也不是什麼大事情。當然花錢要量力而為，我們校方與家長可以一起教他正確的消費和理財觀念。」

「不是！不是！」父親又大叫起來。「為什麼你就是聽不明白。你看清楚這是什麼。」父親拿起孩子的手機，將上面的鎖匙扣遞到老師的眼前。

「這是什麼？這是鎖匙扣啊！」老師不明所以。

「你看清楚一點，這是什麼樣的鎖匙扣？」

「這是一個木鋸的鎖匙扣。」

「這是一個用來分屍的木鋸的鎖匙扣。」父親說。

＊如有雷同，實屬與二〇一八年泰國殺人犯 Preeyanuch Nonwangchai 被網絡追捧成「Murder Babes」的事件巧合。粉絲團包括平民與警員，更推出了應援商品。

後記

在很久很久以前

「試想有一天，一切事物都將以我們已經經歷的樣貌重複搬演，甚至這重複本身也將無限重複下去！究竟，這瘋癲的幻念想說些什麼？」

米蘭·昆德拉在《生命中不能承受之輕》如此提問。這提問，解答了我心中不少疑惑。

在很久很久以前，人類創造了一堆以「在很久很久以前」來起首說故事的故事，有口耳相傳的神話、成了經典的童話，以至無數改了又改的睡前故事。從小到大，我聽了、讀了很多這些故事，然後都將當中的公主、王子、女巫、僕人、惡龍、寶劍，等等等等，混為一談。

從前，我會責怪自己腦筋的不靈光，但現在的我，終於明白：它們是很多很多的故事，卻又是同一個故事，這就像昆德拉說的一般，乃是「一切事物」的一個「無限重複下去」的故事。

於是，我亦想明白了「如有雷同，實屬巧合」的真諦。當一切都無限重複下去，所有事情都曾經發生在很久很久以前，現在有過去，未來有現在，一次又一次重複發生的故事雷同，固然是巧合，但也是必然。

在無限重複下去的過程中，如有雷同的故事，一次又一次的累積下去，從輕到重，就有了分量。

收錄在這裡的四十九篇怪奇故事，都與過去的某一段歷史、某一個神話，或某一則新聞有著雷同的氣息，乃是人類文明無限重複下去的「瘋癲的幻念」。

米哈

寫於二〇二三年九月十六日

在很久很久以前

米哈 著

[責任編輯]
李宇汶
[書籍設計]
姚國豪
[出版]
P. PLUS LIMITED
香港北角英皇道四九九號北角工業大廈二十樓
[香港發行]
香港聯合書刊物流有限公司
香港新界荃灣德士古道二二〇至二四八號十六樓
[印刷]
美雅印刷製本有限公司
香港九龍觀塘榮業街六號四樓A室
[版次]
二〇二三年十一月香港第一版第一次印刷
[規格]
三十二開（128mm x 188mm）三三六面
[國際書號]
ISBN 978-962-04-5374-8